거울나라

문국 장편소설

거울나라

초판 1쇄 발행 2023년 12월 1일

지은이 문국
펴낸이 장길수
펴낸곳 지식과감성#
출판등록 제2012-000081호

교정 김지원
디자인 서혜인
편집 서혜인
검수 주경민, 이현
마케팅 김윤길, 정은혜
그림 이나래

주소 서울시 금천구 벚꽃로298 대륭포스트타워6차 1212호
전화 070-4651-3730~4
팩스 070-4325-7006
이메일 ksbookup@naver.com
홈페이지 www.knsbookup.com

ISBN 979-11-392-1461-1(03810)
값 12,000원

• 이 책의 판권은 지은이에게 있습니다.
• 이 책 내용의 전부 또는 일부를 재사용하려면 반드시 지은이의 서면 동의를 받아야 합니다.
• 잘못된 책은 구입하신 곳에서 바꾸어 드립니다.
• 이 책은 춘천문화재단 지원금으로 발간되었습니다.

지식과감성#
홈페이지 바로가기

거울나라

문국 장편소설

목차

작가의 말 6
서(序) 8

1부
―

사랑을 배신한 여자 14
거울나라 공주 22
물거울 29
내 슬픔과 고통은 거울나라 공주로 태어난 것에서 비롯되었어 34
우주마적단 38
우주공주의 공격 47
이웃나라 신하들의 방문 55
악취를 풍기는 꽃의 여왕 61
지구에 도착한 공주 65
난 언니를 죽이고 싶을 정도로 미워했어 70
꽃의 여왕과 이별하는 것이 너무 두려워 74
아내가 눈물을 흘리고 있었다 80
기쁨의 거울 84
욕망의 거울 88

2부

내가 괴물이 된 줄은 상상도 못 했어 94

붉은 눈물을 흘리는 공주 97

보석을 알아보는 사람에게만 보석이 될 수 있어 100

맑은 웅덩이에 살고 있는 버들치 109

몸에서 가시가 사라지는 걸 축하해 116

봄이 오면 거울나라로 돌아가야겠지 121

밀렵꾼 127

감정의 거울 135

영생의 거울 143

생강나무를 좋아하는 공주 149

공주 몸에서 가시가 다 사라졌어 152

거울나라 군사들의 전쟁 161

에필로그

수는 그녀를 용서했다 172

작가의 말

사랑을 잃은 남자와 여자가 있다. 사랑하지 못한 채 사는 건 참으로 슬프다. 깊은 상처를 입었지만, 주저앉고 싶지 않다. 아침 안개처럼 덧없는 인생, 사랑하며 살아도 짧다. 사랑하고 싶은데, 마음속에 미움과 분노가 가득하다. 미워하며 하루하루 사는 건 지옥이다. 사랑하지 못하더라도 좋다. 미워하지 않으면 바랄 것이 없다. 미워하지 않으려고 하는데, 마음대로 되지 않는다. 지구 남자와 거울나라 공주 이야기다. 다시 너를 사랑하고 싶다.

서(序)

…

먹구름으로 뒤덮인 하늘에서 며칠째 뇌우가 쏟아지고 있었다.
"폐하께서 부르십니다."
시녀가 말했다.
잃어버린 거울을 찾으러 지구로 떠나기 전날, 공주가 우산을 쓰고 꽃의 여왕 옆에 우두커니 서 있었다. 비바람이 몰아닥쳤다. 우산이 홀랑 뒤집혀 정원 끝으로 날아가 나뭇가지에 걸려 펄럭였다. 공주는 폭우를 맞으며 말없이 서 있었다.
공주가 궁전으로 들어갔다. 왕이 비에 흠뻑 젖은 공주를 보며 아무 말도 하지 않았다. 빗물이 뚝뚝 떨어져 바닥을 적셨다.
"그저께 첫째 공주를 불러 꿈에 대해 물었고, 어제는 둘째 공주를 불러 꿈에 대해 물었어. 오늘은 막내 공주의 꿈에 대해 물을 차례구나. 공주 꿈은 뭐니?"
왕이 물었다.
"내 꿈은……."
꽃의 여왕과 함께 오래오래 행복하게 사는 것이 공주 꿈이었다. 공주는 그 말을 하려다가 말꼬리를 흐리며 입을 다물었다.
공주는 다른 꿈이 있는지 생각해 보았다. 퍼뜩 떠오르는 꿈이 없었다.

다른 꿈이 있을 텐데, 그 꿈은 꽃의 여왕 향기에 녹아버린 것 같았다.

"누구든 자신이 태어난 바탕 위에서 성장하는 법이지. 거울나라 공주다운 꿈을 가졌으면 좋겠구나."

왕이 눈물을 글썽였다.

"이제 내 길은 얼마 남지 않았어. 세 공주 중의 한 명이 나를 대신해 거울나라 왕의 길을 걷게 될 거야. 왕의 후계자가 나보다 아름다운 길을 걸어가도록 백성들이 기도하고 있어."

왕이 눈물을 흘렸다.

"공주가 걸어갈 길을 위해 이야기를 해 주고 싶구나."

왕이 공주 손을 꼭 잡았다.

공주는 왕의 눈물이 무엇을 의미하는지 잘 알았다. 공주는 입술을 깨물며 늙은 왕의 슬픈 눈빛을 보았다.

왕이 이야기를 들려주었다.

오지에서 사람과 짐을 실어 나르는 화물자동차가 험준한 고갯길을 올라갔다.

화물자동차 적재함 양쪽에 긴 나무의자가 놓여 있었다. 도회지에 갔다 오는 산골 주민들이 보따리를 안고 나무의자에 앉아 있었다. 갖가지 물건을 팔러 다니는 장사꾼들도 적재함 바닥에 앉아 유익한 정보를 주고받았다. 사진기를 멘 오지 여행가와 각계각층 사람들이 적재함에 앉아 있었다.

화물자동차가 가쁜 숨을 토해내며 산등성마루에 이르러 멈추었다. 호랑이가 길 한가운데를 점령한 채 앉아 있었다. 길이 좁고 가팔라서 차를 돌릴 수 없는 곳이었다.

운전사가 경적을 울렸다. 호랑이가 꼼짝도 하지 않았다. 몸집이 큰 호랑이가 형형한 눈빛으로 운전사를 쳐다보았다. 운전사가 겁을 집어먹고 더 이상 경적을 울리지 않았다. 운전사 이마에 굵은 땀방울이 맺혔다.

형형색색 팔찌를 끼고 목에 염주를 걸고 알록달록한 옷을 입은 노파가 눈을 감고 무슨 주문을 외웠다. 노파가 염주를 돌리며 호랑이에게 바칠 희생물을 제비뽑기로 정하자고 했다.

사람들이 호랑이의 제물이 될 수 없는 사정을 말했다. 연로한 부모와 처자식을 돌보기 위해 죽을 수 없다는 사람이 있었다. 꿈을 이뤄 사회에 이바지하기 위해 죽을 수 없다는 사람이 있었다. 신이 자신에게 준 사명을 감당하기 위해 죽을 수 없다는 사람도 있었다. 타인을 위해 희생물이 되려는 사람이 없었다.

날이 저물고 있었다. 바람이 불고 빗방울이 떨어지기 시작했다.

시간이 흐를수록 사람들은 초조한 기색이었다. 신을 믿는 사람들은 위험에서 벗어나기 위해 눈을 감고 간절히 기도했다. 신을 믿지 않는 사람들도 두 손을 모으고 어두워지는 하늘을 바라보았다.

"모두 살려다가 떼죽음을 당할 수 있어."

노파가 말했다.

적재함 바닥 맨 끝에 앉은 소년이 자리에서 일어났다. 소년 몸에서 악취가 풍겼다. 누추한 차림으로 집도 없이 거리를 떠돌아다니는 소년이었다. 화물자동차 적재함 사람들이 소년 곁에 앉으려고 하지 않았다. 그들은 배고픈 소년에게 먹을 것을 나눠 주지 않았다.

"나는 꿈을 찾아 길을 가는 사람입니다. 꿈의 길을 가는 사람은 항상 아름다운 발자취를 남깁니다."

소년이 말했다.

사람들이 긴장을 풀고 입가에 미소를 머금었다.

소년이 땅으로 뛰어내렸다. 소년이 모든 걸 포기한 표정으로 길옆에 서 있었다. 호랑이가 소년을 보고 자리에서 일어났다. 호랑이가 날카로운 발톱으로 소년을 해치지 않았다. 호랑이가 고개를 들어 하늘을 향해 울부짖었다. 사람들이 겁먹은 표정으로 몸을 움츠렸다. 호랑이가 느릿느릿 움직여 화물자동차 길을 열어 주었다.

운전사가 화물자동차 전조등을 켜고 산등성마루를 출발했다.

화물자동차 적재함에는 늙수그레한 남자가 앉아 있었다. 그는 세상의 기쁨과 고통을 글로 표현하는 시인이었다. 소년을 돕지 못한 것이 마음에 찔렸다. 그는 화물자동차를 세웠다. 오지 마을에 당도하려면 굶주린 채 열흘가량 걸어야 한다. 신발이 해어지고 발바닥이 부르틀 걸 각오하고 화물자동차에서 내렸다. 불쌍한 소년의 뼈와 낡은 옷을 양지바른 곳에 묻어 주고 싶었다. 사람들이 어둠 속으로 멀어져 가는 늙수그레한 남자의 구부정한 등을 바라보며 고개를 저었다.

운전사가 먹빛 어둠에 잠긴 차창 밖을 내다보았다. 전조등 불빛 속으로 빗방울이 세차게 떨어지고 있었다. 빗줄기가 점점 굵어지고 있었다. 운전 경력이 짧지 않지만, 비 내리는 밤에 산악 지대에서 운전하는 것은 위험했다. 까딱하면 빗길에 미끄러져 낭떠러지로 떨어질지 모른다는 생각이 들자 두려움이 엄습했다.

가까운 곳에서 늑대 울음소리가 들려왔다. 늑대 무리가 나타났다.

늑대들이 눈빛을 번득이며 화물자동차 주위를 돌았다. 우두머리 늑대가 적재함으로 뛰어오르다가 땅바닥으로 떨어졌다. 사람들이 비명을 질렀다.

 운전사가 숨을 길게 내쉬고 운전대를 잡았다. 화물자동차가 내리막길을 달렸다. 늑대들이 빗길에 속력을 내지 못하는 화물자동차를 따라왔다. 사람들이 운전사에게 빨리 달리라고 소리쳤다. 화물자동차가 깎아지른 듯한 절벽 길을 돌다 낙석에 부딪쳐 미끄러졌다. 순식간에 천만 길 낭떠러지로 굴러떨어져 어둠 속으로 가뭇없이 사라졌다.

 호랑이가 폭음이 들려온 쪽으로 고개를 돌리고 슬피 울었다. 호랑이 울음소리가 메아리가 되어 먼 산까지 멀리멀리 울려 퍼졌다.

1부

사랑을
배신한 여자

　아내는 자식을 원하지 않았다. 결혼한 지 십 년이 되었지만, 아이를 낳지 않았다. 어머니는 며느리 행동과 눈빛이 어딘지 모르게 수상하다고 했다. 어머니는 며느리가 다른 남자를 사랑하는 것 같다고 했다. 뭉칫돈을 맡기지 말라 했다. 수는 아내를 사랑했다. 수는 어머니 말을 듣고 몹시 서운했다.
　아내가 아파트를 팔자고 했다. 아내가 아파트를 매도한 돈과 통장 돈을 몽땅 인출해 어디로 사라졌다. 수는 충격을 받고 한동안 어찌할 바를 몰랐다. 아내 행방을 수소문했다. 수는 아내를 찾으러 이곳저곳 돌아다녔다. 어느 날 수는 아내 소식을 들었다. 아내의 첫사랑 남자가 무슨 사건을 저질러 십 년 동안 복역하고 재작년에 출소했다. 아내가 수를 버린 건 그 남자 때문이었다.
　수는 아내를 만나러 갔다. 아내는 재래시장 건물을 매입하고 국밥집을 운영했다. 수는 골목 귀퉁이에 숨어 아내를 지켜보았다. 아내 옆에 소녀가 서 있었다. 아내를 빼닮은 소녀였다. 아내가 소녀 머리를 쓰다듬으며 웃었다. 그제야 수는 아내에게 속아 결혼한 것을 깨달았다. 소녀가 아내에게 손을 흔들고 밖으로 나왔다.

손님을 맞이하는 목소리가 들려왔다. 얼굴빛이 밝았다. 행복한 표정이었다. 수는 자신도 모르게 주먹을 불끈 쥐었다. 곧바로 아내의 식당으로 들어가지 않았다. 수는 근처 식당에서 소주 두 병을 벌컥벌컥 비웠다.

수는 아내를 포기했다. 포기하고 싶지 않지만, 어쩔 수 없었다. 첫사랑 남자를 못 잊어 수를 배신했으니 둥지를 떠나 멀리 날아간 새처럼 집으로 영영 돌아오지 않을 것이다. 수는 아내에게 한마디 변명의 말이라도 듣고 싶었다. 잃어버린 재산을 돌려받고 싶었다.

수는 식당 문을 거칠게 열고 술냄새를 풍기며 안으로 들어갔다. 아내가 수를 보자 새파랗게 질려 비명을 질렀다. 아내가 바닥에 털썩 주저앉았다. 머리를 빡빡 밀고 팔뚝에 문신을 새긴 남자가 험악한 표정으로 주방에서 튀어나왔다. 남자가 대뜸 수의 멱살을 잡고 뺨을 철썩철썩 때렸다. 대화를 나눌 겨를도 없이 싸움이 일어났다. 남자가 주방으로 뛰어 들어가 칼을 쥐고 나왔다. 수는 남자가 휘두른 칼에 어깨와 팔을 다쳤다. 피를 본 순간 이성을 잃고 말았다. 정신을 차렸을 때 남자가 바닥에 쓰러져 있었다. 수는 피 묻은 칼을 쥐고 멍하니 서 있었다.

수는 살인죄로 교도소에 수감되었다. 다행히 정당방위가 어느 정도 인정되어 교도소에서 생각보다 오래 살지 않았다. 팔 년 만에 출소했다.

지난날의 일이 떠오르면 거친 숨을 토해내며 주먹으로 가슴을 쿵쿵 쳤다. 어두운 과거를 깨끗이 잊고 열심히 살겠다고 수없이 다짐했다. 마음먹은 대로 되지 않았다. 일을 하지 않은 채 방구석에 틀어박혀 독한 술을 마셨다. 눈빛이 노래지고 정신마저 황폐해졌다.

　어머니가 수를 잃을까 애태우다 급성 폐렴으로 입원했다.

"죄송해요, 어머니."

수가 병실에서 어머니의 야윈 손을 잡고 말했다.

어머니가 마지막 숨을 가쁘게 몰아쉬었다.

"거울을 꺼내."

어머니가 자주색 가방을 열며 말했다.

"거울을 보시려고요?"

"내가 너에게 물려줄 거울이야."

"무슨 거울이에요?"

"할아버지가 산속 동굴 앞에서 주운 거울이야. 거울을 자주 보렴."

어머니가 가냘픈 목소리로 유언을 남기고 숨을 거두었다.

　가슴이 찢어지듯 아팠다. 평소 잘해 드리지 못한 것이 생각났다. 다시 과거로 돌아갈 수 있다면 결코 그렇게 살지 않을 텐데. 후회했지만 이미 늦었다. 수는 통곡했다.

　어머니는 며느리 눈빛과 마음을 정확히 읽었다. 어머니 말을 귀담아 들었으면 피땀 흘려 모은 재산을 허망하게 날리지 않았을 것이다. 사랑의 배신을 당하고 재산까지 잃은 수는 제정신으로 살아갈 수 없었다. 밤낮 술만 마시는 수에게 어머니는 결코 평범해 보이지 않는 거울을 주고 하늘나라로 떠났다.

　거울을 자주 보라는 유언은 정말 이해할 수 없었다. 술을 지나치게 마셔 헛소리를 들은 것이 아닐까 의심이 들었다.

　수는 장례식을 치르고 피곤에 지쳐 곯아떨어졌다. 이튿날 오후 잠에서 깨어나서 무심코 거울을 보았다. 손잡이와 테두리에 문양과 문자를 정교하게 새긴 고급스러운 거울이었다. 고대 문자인 것도 같고, 지구 문자가 아닌 듯했다.

수는 거울을 보며 깜짝 놀랐다. 거울 속에 어릴 적부터 현재까지 살아온 모습이 영화 장면처럼 선명하게 보였다.

할아버지는 약초꾼이었다. 불치병으로 오늘내일하는 사람들이 가족의 도움을 받아 할아버지를 찾아올 정도로 한방에 조예가 깊었다. 할아버지는 아들이 대를 이어 약초꾼으로 살아가길 원했다. 아버지는 산을 타는 걸 싫어했다. 방학 동안 아버지는 수를 할아버지 귀틀집으로 데려갔다. 아버지는 수에게 약초꾼 일을 열심히 배우라고 했다. 수는 할아버지를 좋아했고, 나물과 약초와 독초에 대해 배우는 것을 싫어하지 않았다. 수는 할아버지를 따라다니며 즐거운 표정을 지었다. 초등학교를 졸업할 무렵 수는 모르는 약초가 없었다. 약초 이름과 효능에 대해 거의 배웠다.

아버지는 할아버지가 물려준 재산을 탕진했다. 가세가 기울어 수는 중학교를 졸업하고 학업을 포기했다. 아버지는 일 년에 며칠 집에 오고 밖으로 줄곧 돌아다녔다. 어머니 혼자 돈을 벌어 가정을 지킬 수 없었다. 1남 3녀의 장남인 수는 여동생들을 가르치기 위해 가구를 만드는 공장에서 일을 시작했다. 친구들이 대학교에서 공부하는 동안 수는 철물점 트럭을 몰았다. 중학교를 졸업한 뒤부터 수의 모습은 결코 행복해 보이지 않았다.

밤새도록 거울을 보며 어디에서 어떻게 살아야 할지 깨달았다. 아직 젊은 나이였지만, 도시에서 더 이상 살고 싶지 않았다. 자괴감 탓인지 사람들이 색안경을 쓰고 보는 것 같았다. 사람들의 시선이 두려웠다. 한때 사랑했던 사람을 미워하며 괴로워하는 자신의 모습이 몹시 부끄럽게 느껴졌다. 할아버지 손때가 묻은 산골 귀틀집에 가서 살지 않으면 파멸의 구렁텅이로 빠져 버리고 말 것만 같았다. 수는 산골로 내려가서 약초꾼으로 살겠다고 결심했다.

재산을 잃고 빈털터리가 된 수의 사글셋방에 값나가고 아끼는 물건이 없었다. 헌옷을 쓰레기봉투에 담아 버리고 방을 비워 주었다.

수는 배낭을 메고 고속버스터미널에서 버스를 타고 시골로 향했다. 높은 관직을 미련 없이 버리고 고향으로 돌아가는 것이 아니었다. 명예를 얻고 고향으로 돌아가는 것도 아니었다. 실패자가 되어 고향으로 돌아가고 있었다. 착잡한 심정이었다.

시골 읍내에서 사촌누나의 시아버지가 약초건재상을 운영했다. 전국적으로 유명한 약초건재상이었다. 할아버지가 사촌누나의 시아버지에게 온갖 약초를 주곤 했다. 시아버지가 돌아가시고 사촌누나가 약초건재상을 물려받아 운영했다.

"얼굴이 엉망이 되었네."

사촌누나는 수의 어머니 장례식에 참석했다. 사촌누나를 본 지가 얼마 되지 않았다. 그사이 수의 몰골이 더욱 초췌해진 모양이었다.

"하룻밤만 재워 줘."

"하루가 아니라 한 달인들 못 재워 줄까."

"내일 아침 일찍 귀틀집으로 갈게."

"벌초할 때도 아니잖아. 거긴 무슨 일로 가려는 거야?"

사촌누나가 불안한 눈빛으로 수의 표정을 살폈다.

"약초꾼으로 살기로 했어."

"정말 결심했어?"

"할아버지 대를 이어 약초꾼으로 살겠다고 했잖아. 동생들을 가르치고 결혼해 살다 보니 그만 잊고 있었어."

"술만 마시며 사느니 차라리 산속에서 약초꾼으로 사는 것이 낫겠지. 세월이 약이라고 했잖아. 약초꾼으로 살다 보면 건강도 회복하고 슬픔도 사라지겠지. 산삼과 약초를 캐 오면 누나가 비싸게 팔아 줄게."

사촌누나는 수가 약초꾼이 되겠다는 걸 반대하지 않았다.

사촌누나는 남편을 잃고 혼자 살고 있었다. 비 내리는 날, 남편이 술을 마시고 오토바이를 몰다 빗길에 넘어져 교통사고를 당했다. 사촌누나는 약초건재상을 그만두고 분식집을 개업하기 위해 준비 중이었다. 수가 산골로 내려오는 바람에 사촌누나는 약초건재상을 계속할 수 있게 되었다.

이튿날 아침 사촌누나가 쌀, 소금, 고추장, 라이터, 성냥, 간장, 초, 들기름 따위의 생필품을 비닐봉지에 싸서 배낭에 넣어 주었다. 귀틀집에 할아버지가 사용하던 솥과 그릇이 남아 있었다. 사촌누나가 챙겨준 물건으로 당분간 그런대로 지낼 수 있을 것 같았다.

산속 생활을 시작한 지 나흘 만에 값비싼 오구 산삼을 캤다. 죽은 산뽕나무에 붙어 있는 황금빛 상황버섯을 땄다. 수는 읍내에 와서 산삼과 상황버섯을 사촌누나에게 주었다. 사촌누나가 단골손님들에게 산삼과 상황버섯을 비싼 가격에 팔았다.

"약초 판 돈을 입금할 통장을 만들어."

사촌누나가 말했다.

수는 은행에 가서 예금 계좌를 개설했다. 사촌누나가 수의 계좌로 약초 판 돈을 입금해 주었다. 돈을 받고 보니 깊은 산속에서 약초꾼으로 오래오래 살게 될지 모른다는 생각이 들었다.

그해 늦가을에 고지대에 자생하는 가시오갈피 군락지를 발견했다. 무릎 아픈 암자 스님이 가시오갈피 달인 것을 먹고 통증이 가라앉았다. 암자 스님이 무릎 아픈 스님들에게 가시오갈피 달인 것을 보내 주었다. 스님들이 무릎 통증이 말끔히 없어졌다며 가시오갈피 달인 것을 주문했다. 고지대 가시오갈피 군락지는 노다지가 되었다.

사촌누나가 수에게 읍내 삼 층 건물을 매입하라고 했다. 급매로 나온 건물이었다. 수는 삼 층 건물 주인이 되었다. 사촌누나가 건물을 관리하고 세를 받는 일을 맡았다. 사촌누나도 이 층 건물 주인이 되었다. 사촌누나 딸들은 모두 대학을 졸업하고 좋은 직장을 잡았다. 엊그제 산속 귀틀집으로 온 것 같은데, 어느덧 이십 년의 세월이 덧없이 흘러갔다.

"언제까지 혼자 살 거야?"

사촌누나가 수를 만날 때마다 결혼을 재촉했다.

"어느 여자가 전기도 들어오지 않는 깊은 산속에 와서 살겠어?"

"읍내에 살며 약초를 채취하러 산에 다니면 되잖아."

"귀틀집을 떠나고 싶지 않아."

"혼자 살면 외롭잖아."

"귀가 열려 외롭지 않아."

"무슨 소리야?"

"삼 년 전부터 나무와 대화를 나누고 있어."

"부드러운 여자 대신 딱딱한 나무를 사귀고 있군."

사촌누나가 어이없는 표정을 지었다.

수는 나무와 대화를 나누게 된 후부터 새로운 세계를 경험했다. 나무는 자연을 노래했고, 우주에 대해 사색했다. 나무는 사람보다 더욱 신을 그리워하고 찬양했다. 수는 귀틀집 주위와 산기슭 나무의 둘도 없는 친구가 되었다. 산속에서 혼자 사는 것이 쓸쓸하지 않았다. 오히려 사람들이 많이 살고 있는 번잡한 도시에 가면 빨리 산속으로 돌아가고 싶었다.

깊은 산속으로 등산하는 사람들이 이따금 수가 살고 있는 곳을 지나가곤 했다. 그들은 수에게 전기가 들어오지 않는 궁벽한 곳에서 어떻게 사는지 모르겠다고 했다. 보물이 있는 곳에 마음이 있다. 욕심을 내려놓고 자연을 보면 보물이 가득했다.

모든 풀과 꽃이 친구로 느껴졌다. 식물뿐만 아니라 돌까지 좋아했다. 개울가 돌의 모양과 무늬가 어떻게 생겼는지, 개울 바위 아래에 어느 물고기가 살고 있는지 낱낱이 기억했다. 눈을 감고 집 근처 나무 모양과 성격을 일일이 떠올릴 수 있었다. 산과 들에 꽃이 피어나는 걸 보며 기뻐했다. 새가 나무에 둥지를 짓고 알을 낳아 품고 있는 것을 조심스레 지켜보았다. 밤이 되면 올빼미와 부엉이가 어떤 감정으로 울거나 노래하고 있는지 귀를 기울였다. 앞산과 뒷산에 산짐승이 몇 마리 살고 있는 것도 알았다. 잠이 오지 않는 밤에는 마루에 앉아 반짝반짝 빛나는 별을 바라보며 하나하나 이름을 붙여 주었다. 한밤중에 별의 이름을 부르다 보면 어느새 새벽이 되었다. 일 년 내내 산속 삶은 전혀 지루하지 않을 뿐만 아니라 즐겁고 행복했다.

거울나라
공주

 귀틀집에 살기 시작한 그해 가을부터 뒷산에 장뇌삼 씨를 뿌렸다. 농약을 치지 않은 고지대 장뇌삼이라서 단골이 많았다. 수는 장뇌삼으로 돈을 모았으나 산삼을 더 좋아했다. 누가 알아주는 것도 아닌데, 산삼을 캐면 산세에 밝은 약초꾼이라는 자부심을 느꼈다.
 "요즘 심마니들이 산에 오곤 해서 늦가을까지 기다리지 못하고 미리 산삼을 캐게 되었어. 산삼이 더 살고 싶은지 물어 주게."
 수가 산삼 근처의 피나무에게 말했다.
 "살 만큼 살았대. 태어났으면 언젠가 죽어야 하는 것이 자연 이치인데, 눈 밝은 약초꾼을 만나 더 살려는 것은 식물의 왕으로서 할 짓이 아니라고 했어. 산삼 자식들이 여기저기 자라고 있으니 대를 잇는 일도 잘해 놓았대."
 피나무가 말했다.
 수는 실뿌리가 끊어지지 않도록 조심스레 산삼을 캤다. 습기 머금은 이끼로 산삼을 감싸 배낭에 넣었다. 수십 년 묵은 오구 산삼이었다.

피나무는 호기심이 많은 나무였다. 수를 만나면 궁금한 것을 물었다. 오늘은 비행기에 대해 물었다. 느리게 날거나 멈추기도 하는 비행기에 대해 말해 달라고 했다. 수는 그런 비행기를 모른다고 대답했다. 며칠 동안 피나무는 밤에 그런 비행기를 보았다고 했다. 둥그렇게 생긴 비행기가 피나무 우듬지까지 내려왔다 올라가고, 커졌다가 작아지고, 서너 개로 갈라졌다 하나가 되며, 가만히 멈춰 있다가 옆으로 움직이며 윙윙거렸다고 했다.

수는 고개를 갸우뚱하며 산봉우리를 향해 걸음을 옮겼다. 산봉우리에 이르러 수는 어두운 표정으로 산 아래를 내려다보았다.

어젯밤에 누렁이가 목이 터지도록 짖었다. 수는 누렁이 소리만 들어도 무슨 동물이 집 근처에 내려왔는지 알았다. 누렁이가 무엇을 보고 그토록 짖은 것일까? 산속에 무엇이 왔는데, 수는 짐작할 수 없었다. 사람이라면 밤에 깊은 산속으로 오지 않았을 것이다. 표범이 산속 나무 위에 웅크리고 있는 것 같았다. 수는 멸종위기 1급 야생동물로 지정된 표범을 깊은 산속에서 두 번 본 적이 있었다. 겨울에 눈 위에 찍힌 표범 발자국을 사진으로 찍어 놓았다. 그 표범이 누렁이를 노리고 있는 건지 모른다는 생각이 들었다.

산 정상에서 백여 미터쯤 내려오면 절벽 아래에 깊은 동굴이 있었다. 옛날에 호랑이가 살았던 동굴이라고 했다. 수는 동굴 근처에 이르러 걸음을 멈추었다. 머리카락이 쭈뼛 섰다. 동굴 입구에 어린 소녀가 서 있었다.

"안녕!"

눈빛이 파란 소녀가 하얀 손을 살랑살랑 흔들었다.

수는 너무 놀라 하마터면 바닥에 털썩 주저앉을 뻔했다.

초등학교 3학년이나 4학년쯤 되어 보이는 소녀였다. 반짝이는 별무늬를 수놓은 노란 원피스를 입고 있었다. 동굴 안쪽에는 둥그런 모양의 은백색 물체가 커졌다 작아지며 윙윙거렸다. 피나무가 본 것이 바로 저 비행접시였다.

"겁먹지 마. 널 해치러 온 것이 아니니까."

"넌 누구니?"

수가 떨리는 목소리로 물었다.

"거울나라 꽃공주야. 백성들이 나를 공주라고 불러 주었어."

"거울나라 꽃공주?"

거울나라 공주는 지구 소녀와 다른 점이 없었다. 몸집에 비해 머리가 크지 않았다. 머리에 뿔이 돋지 않았다. 눈이 금붕어처럼 툭 튀어나오지 않았다. 겨드랑이에 날개가 붙지 않았다. 엉덩이에 꼬리가 달리지 않았다.

"이름을 알고 싶어."

"수."

"수?"

"물을 뜻하는 이름이지."

"좋은 이름이네."

"난 바빠서 그만 갈게."

수는 몸을 돌려 좁은 산길을 내려갔다. 두려움에 사로잡혀 몸이 떨렸다. 약초꾼이 산속에서 낯선 사람을 만나 이토록 겁먹기는 처음이었다. 수는 놀란 표정으로 허둥지둥 달아나지 않았다. 넋이 나가지 않도록 애써 두려움을 누르며 빨리 걸었다. 어느새 공주가 수 옆으로 소리도 없이 따라왔다.

"도대체 넌 누구야?"

"거울나라 공주라고 했잖아."

"내게 무슨 볼일이 있어?"

"토끼처럼 겁이 많아?"

공주가 대답 대신 질문을 했다.

"겁이 없어."

"날 무서워하고 있잖아."

"무서워하지 않아."

"거짓말."

공주가 피식 웃었다.

수는 공주를 피해 어디로 달아나야 할지 생각해 보았다. 날개가 있으면 달아날 수 있을까? 어림도 없는 일이었다. 비행접시를 타고 금방 쫓아올 테니 말이다. 깊은 산속에서 공주를 피해 달아날 곳이 없었다.

수는 거울나라가 어디에 있다는 말을 들어 본 적이 없었다. 우주 어딘가에 있는 거울나라 공주가 무슨 일로 지구로 내려온 것일까? 비행접시가 고장이 나서 외딴 산속에 불시착한 것이 아닐까? 어쩌면 공주가 수에게 무슨 볼일이 있는 건지 모른다는 생각이 들었다.

수는 거울나라 공주와 함께 좁은 산길을 걷고 있는 것이 현실 같지가 않았다. 꿈을 꾸거나 허깨비를 보고 있는지 모른다는 생각이 들었다. 수는 바로 옆에서 걷고 있는 공주를 흘끔흘끔 곁눈질하며 혀를 살짝 깨물었다. 옆구리를 세게 꼬집었다. 통증이 느껴지는 걸 보면 꿈이 아니었다. 아니, 꿈인 것도 같았다. 너무 놀라거나 강한 충격을 받으면 꿈인지 생시인지 분간할 수 없었다.

"어디로 가는 거지?"

수가 갈림길에 이르러 걸음을 멈추고 물었다.

"수의 집으로 가는 거야."

"나는 공주를 집으로 초대하지 않았어."

"지나가는 나그네를 대접하면 복을 받게 될 거야."

"다른 집으로 가면 안 될까?"

"이 깊은 산속에 집이라곤 수의 집뿐이잖아."

"하긴 그렇군."

수가 고개를 끄덕이며 귀틀집을 바라보았다.

다리가 후들후들 떨렸다. 수는 중심을 잃지 않으려고 굴참나무에 몸을 기댔다.

"싫다면 어쩔 수 없지, 뭐. 동굴에서 혼자 외롭게 지낼 수밖에."

공주가 입술을 삐쭉 내밀었다.

외딴 산속에서 지구에 살고 있는 어린 소녀를 만났더라도 경계심을 보이지 않을 수 없었다. 꿈에도 생각지 못한 외계인 소녀를 만났으니 당황하지 않을 수 없었다. 실험 대상으로 삼기 위해 손발을 묶어 거울나라로 데려갈지 모른다는 불길한 예감이 들기도 했다. 수는 외계인 소녀와 더 이상 대화를 나누고 싶지 않았다. 빨리 비행접시를 타고 다른 곳으로 사라졌으면 싶었다.

"동굴에서 편히 보내."

수가 짐짓 태연한 표정으로 손을 흔들었다.

"수의 집을 잠깐 구경하고 동굴로 갈게."

공주가 웃음을 참으며 손바닥으로 입을 가렸다.

수는 공주 눈치를 살폈다. 보아하니 이곳을 금방 떠날 성싶지 않았다.

"먼저 집에 가 있어."

수가 낮은 목소리로 말했다.

"도망가지 마."

"도망갈 데도 없으니 걱정하지 마."

수가 한숨을 쉬었다.

공주가 먼저 귀틀집 마당에 도착했다.

수는 산길을 천천히 내려가다 걸음을 멈추었다. 바닥에 털썩 주저앉았다. 수는 전나무에 등을 기대고 귀틀집 마루에 앉아 있는 공주를 물끄러미 바라보았다.

"소녀 몸에 서려 있는 기운이 보통 사람과 달랐어."

전나무가 말했다.

"기울나라에서 온 공주라고 했어."

"거울나라가 어디에 있는 나라야?"

"하늘 어딘가에 있는 머나먼 별에서 온 모양이야."

수가 대답했다.

"나이 많은 여자가 소녀 모습을 하고 있다니."

밤하늘 별자리에 능통한 소나무가 말했다.

"몇 살 정도로 보여?"

"내 나이쯤 되어 보이는군."

"수백 살 먹었어?"

"정말 이상한 일이군."

소나무가 굵은 목소리로 말했다.

"지구로 멋진 남자를 얻으러 온 건지도 모르지. 축하해."

평소 주책없는 소리를 잘하는 사시나무가 말했다.

"축하를 받을 일이 절대 아니야."

수가 사시나무 밑동을 툭 치며 말했다.

"사랑에 나이가 무슨 상관이야."

박달나무가 말했다.

"다들 나를 놀려먹는 재미로 사는 모양이군."

수가 자리에서 일어나며 고개를 저었다.

"거울나라 공주가 무슨 일로 나를 만나러 온 걸까?"

"지구에서 가장 외롭고 불쌍한 남자를 만나러 온 거잖아."

사시나무가 바람결에 파들거리며 웃었다.

수는 외계인 소녀를 그리워한 적이 없었다. 외계인에 대해 생각한 적도 없었다. 외계인이 산속에서 혼자 살고 있는 평범한 약초꾼을 무슨 일로 만나러 왔는지 도무지 짐작할 수 없었다. 두려움과 호기심에 가슴이 두근거렸다.

물거울

공주가 수를 기다리며 마루에 앉아 있었다. 노란 원피스를 입은 파란 머리의 소녀가 마루에 앉아 있는 모습은 한 폭의 그림 같은 풍경이었다.

수는 텃밭에서 걸음을 멈추었다. 마루에 앉아 있는 공주가 어엿한 집주인으로 보였다. 수는 남의 집 앞에 어색하게 서 있는 느낌이었다.

"거기서 뭘 하고 있어?"

공주가 수를 불렀다.

수는 심호흡을 하고 마당으로 조심스럽게 들어섰다.

누렁이는 멧돼지를 무서워하지 않을 정도로 날쌔고 용감했다. 누렁이가 겁을 집어먹고 마루 밑에 숨어 밖으로 나오지 않았다.

수는 숨을 길게 내쉬고 마루 끝에 걸터앉아 공주를 흘끔흘끔 곁눈질했다. 파란 머리카락과 눈빛만으로 외계인이라 할 수 없었다. 하얗고 고운 손에는 손톱이 있었다. 귀, 콧구멍, 눈썹, 하얀 치아도 지구 소녀와 다르지 않았다. 수는 공주를 살피다가 놀라운 사실을 깨달았다. 공주가 동굴 앞에서 거울나라 언어로 말한 것이 아니었다. 언제 한국말을 익혔는지 표준어로 말했다.

"아까 동굴에선 내 소개를 제대로 못 했어. 아버지가 거울나라 왕이야. 아버지는 딸만 셋을 낳았어. 큰언니 이름은 미소공주, 둘째 언니 이름은 우주공주, 내 이름은 꽃공주야."

"모두 예쁜 이름이군."

"예쁘다구?"

공주가 마루에서 벌떡 일어나 뒤로 물러섰다.

"예쁘다는 말을 싫어해?"

"거울나라에서 예쁘다는 말은 정치적인 힘과 권력을 쥐고 있는 걸 뜻하지. 둘째 언니가 거울나라 왕이 되고 싶어서 예쁘다는 말을 가장 좋아했어."

"지구에선 귀엽다는 뜻으로 예쁘다는 말을 하지."

"그렇다면 다행이군."

공주가 경계심을 늦추며 마루에 앉았다.

"지구에 무슨 일로 왔어?"

"거울을 찾으러 왔어."

"그렇군."

수가 고개를 끄덕였다.

수는 공주가 이곳에 온 목적을 알게 되었다. 장롱 속에 넣어 둔 거울은 지구에서 만든 것이 아니라는 생각이 들었다. 아무리 뛰어난 기술이라도 지난날의 모습이 선명하게 보이는 거울을 만들 수 없었다. 공주가 장롱 속에 넣어 둔 거울을 찾으러 우주 저편에서 이곳까지 비행접시를 타고 온 것이 틀림없었다.

"통나무와 진흙으로 집을 지은 것이 특이하군. 방을 구경하고 싶어."

"혼자 살아 누추해."

수는 방문을 열고 방으로 들어갔다. 공주는 푸른 별무늬가 있는 노란 신발을 벗고 방으로 들어왔다.

방 안에 여러 가지 약초 냄새가 배어 있었다. 공주가 아랫목에 앉아 호기심 어린 눈빛으로 방을 살펴보았다. 벽에 도배지 대신 한지를 발랐다. 윗목에 오래된 농이 놓여 있었다. 온갖 약초 자루가 시렁 위에 가지런히 놓여 있었다. 홀몸이라 방세간이 단출했다.

"무슨 거울을 찾으러 지구까지 왔어?"

"거울나라에는 여러 종류 거울이 있어. 중요한 거울이 있고, 그렇지 않은 거울도 있지. 오래전에 쉽게 만들 수 없는 중요한 거울을 잃어버렸어. 얼마 전에 지구에 그 거울이 있다는 정보를 알아내고 그걸 찾으러 왔어."

"혼자 다니면 위험하잖아."

"아무리 악해도 나처럼 어린 소녀를 해치려는 자는 없을걸."

"나이가 무척 많이 보여. 왜 소녀 모습을 하고 있는지 모르겠어."

"수는 내면을 보는 능력이 있구나."

"난 평범한 남자야. 다만 다른 사람과 다른 것이 있긴 있지."

"그게 뭐야?"

"아까 산에서 내려올 때 나무가 나이 많은 여자와 다닌다고 나를 놀렸어."

"하긴 내가 수에 비하면 할머니인 셈이지."

공주가 웃음을 터뜨렸다.

"역시 나무가 정확히 보았군."

"나무와 대화를 나눌 정도면 수는 평범한 남자가 아니군."

"누구에게 자랑할 것이 못 돼. 내가 나무와 대화를 나눈다면 사람들은 전혀 믿지 않았어."

"난 믿어."

"공주는 나이가 많아 내 말을 믿는 거겠지."

수는 공주 눈을 들여다보았다. 공주가 지구 소녀와 다른 것이 바로 눈이었다. 얼굴과 몸은 어린 소녀로 보이지만, 눈은 전혀 그렇지 않았다. 무슨 고초를 겪었는지 슬픔이 가득 고여 있었다. 세파에 시달린 눈빛이었다.

"거울을 보지 않아?"

공주가 물었다.

"거울을 보고 있어."

"벽에 거울을 걸어 놓지 않았잖아."

"물거울을 보고 있어."

"물거울?"

"웅덩이 맑은 물에게 물거울이란 이름을 지어 주었지. 거울 대신 물거울을 보고 있어."

"세상에!"

공주가 눈을 크게 뜨고 깜짝 놀란 표정을 지었다.

귀틀집 근처 화강암 너럭바위에 움푹 패어 물이 고인 곳이 있었다. 깊은 계곡에서 흘러내리는 물이 웅덩이에 이르러 가쁜 숨을 가라앉히며 잠시 멈추었다. 어느 날 수는 웅덩이 물고기를 구경하다 맑은 물에 비친 자신의 얼굴을 보았다. 그날부터 수는 얼굴을 보고 싶으면 너럭바위에 앉아 물거울을 보았다. 물거울이 살아 있어 무슨 말을 속삭이는 듯이 느껴졌다. 물거울을 보면 가슴속 더러운 것들이 깨끗이 씻기는 느낌이 들었다.

"지구에는 거울 종류가 많은 모양이야?"

"옛날 사람들은 금속거울을 보았지. 요즘은 대부분 유리거울을 보고 있어."

"물거울을 보는 사람이 많아?"

"거울 대신 물거울을 보는 사람은 없을 거야."

"어떻게 물거울을 보게 되었어?"

"개울가에 앉아 우연히 물거울을 보게 되었어."

"어떻게 그런 거울을 만들었어?"

"내가 만든 것이 아니야. 웅덩이 물을 그냥 보는 것뿐이지."

"물거울을 보면 어떤 느낌이 들어?"

"마음이 맑아지는 느낌이야."

"물거울을 보는 사람을 민니 너무 기뻐!"

공주가 수의 손을 덥석 잡았다.

공주의 가운뎃손가락에 낀 파란 반지에서 경쾌한 노랫가락이 흘러나오며 반짝였다. 공주가 눈빛을 빛내며 장롱을 뚫어지게 보았다. 공주가 미소를 지으며 고개를 끄덕였다. 공주는 자신이 찾고 있는 거울이 어디에 있는지 정확히 알고 있는 것 같았다. 거리를 헤아릴 수 없을 정도로 먼 곳에서 위험을 무릅쓰고 이곳까지 왔음에도 불구하고 공주는 무슨 까닭인지 거울을 달라 말하지 않았다.

내 슬픔과 고통은
거울나라 공주로 태어난 것에서
비롯되었어

저녁노을이 서쪽 하늘을 붉게 물들였다.

수리가 공중에서 원을 그리며 날고 있었다. 수가 수리에게 손을 흔들었다. 수리가 귀틀집 가까이 내려오다 방향을 바꿔 높이 날아오르며 산 너머로 날아갔다.

땅거미가 지고 어둠이 깔렸다.

수는 마른 나뭇가지로 아궁이에 불을 지폈다. 공주가 수 옆에 쪼그려 앉았다. 솥의 물이 끓자 솥뚜껑 가장자리로 뜨거운 김이 새어 나왔다. 공주가 솥의 김을 보더니 비명을 지르고 손바닥으로 입을 가렸다.

"어디 아파?"

"물이 끓고 있잖아."

"불을 때고 있으니 물이 끓는 것이지."

"아, 그렇구나."

공주가 겁먹은 표정으로 말했다.

수는 솥뚜껑을 열고 끓는 물에 누룽지를 넣었다. 나무 주걱으로 누룽지를 퍼서 사기그릇에 담고, 찬장에서 오갈피순 장아찌를 꺼냈다. 수는 방에서 밥을 먹지 않았다. 혼자 살다 보니 부엌에서 간단히 밥을 먹곤 했다. 공주는 배가 고프지 않다며 밥을 먹으려고 하지 않았다.

수는 저녁을 먹고 방으로 들어갔다. 촛불을 켜고 아랫목에 앉았다. 공주가 수 옆에 앉았다.

"촛불을 켜고 살면 답답하지 않아?"

"습관이 되면 오히려 촛불이 더 좋아. 처음엔 글씨도 안 보였는데, 몇 달이 지나자 촛불을 켜고 책을 읽을 수 있게 되었어."

"세월이 가면 불편한 것도 차츰 익숙해지게 마련이지."

공주가 고개를 끄덕였다.

공주는 촛불을 처음 본 것 같았다. 공주가 촛농이 흘러내리는 걸 보며 미소를 지었다. 밤이 되자 공주가 지구 사람과 다른 점이 확연히 드러났다. 어둠이 짙어질수록 공주 눈빛이 촛불 아래에서 별빛처럼 반짝였다.

"난 처음부터 수가 불편하지 않았어."

공주가 말했다.

"왜 그럴까 생각해 보았는데, 수가 물거울을 봐서 그런 것을 알게 되었어. 수가 만든 물거울은 거울나라 거울보다 뛰어날지도 모른다는 생각이 들었어."

"내가 물거울을 만든 것이 아니라고 했잖아."

"암튼 수는 물거울을 갖고 있어."

"물거울은 누구의 소유가 될 수가 없어."

"누구의 소유가 될 수 없어 가장 뛰어난 거울인지도 모르지."
"정말 물거울이 뛰어난 거울이야?"
"더러운 마음을 씻고 생명을 품는 거울이잖아."
공주가 확신에 찬 목소리로 말했다.
공주 말을 듣고 보니 정말 그런 것 같았다.
"내게 물거울을 알려 주었으니 나도 수에게 좋은 선물을 주고 싶어."
"산속 생활에 부족한 것이 전혀 없어."
"정말 갖고 싶은 것이 없어?"
"궁금한 것이 있어."
"내가 알고 있는 거라면 다 말해 줄게."
"거울나라가 어디에 있는지 모르지만, 거울나라가 있는 것은 사실이야. 이렇게 공주가 내 옆에 앉아 있으니까. 거울나라와 공주 이야기를 듣고 싶어."
"내 이야기는 몹시 슬퍼 누구에게도 들려주고 싶지 않아. 수가 내게 물거울을 알려 주지 않았으면 거울나라와 내 이야기를 수에게 들려주지 않을 거야."
공주가 천장을 쳐다보며 숨을 길게 내뱉었다.
동굴 입구에 서 있는 공주를 처음 본 순간, 가슴이 덜컥 내려앉았다. 이제 수는 공주를 두려워하지 않았다. 공주를 불쌍히 여겨 무엇이든 힘닿는 대로 도와주고 싶었다. 수가 눈물을 흘렸다.
"눈물을 잘 흘려?"
"이름 탓으로 눈물을 잘 흘리는 모양이야."
수가 눈물을 닦았다.

수는 산속에서 식물적인 삶을 살아 내면을 감지하는 마음의 눈이 곤충 더듬이처럼 예민했다. 슬픈 사람을 만나면 슬펐다. 기쁜 사람을 만나면 기뻤다. 아픈 사람을 만나면 아픈 부위에 통증이 느껴지고 몸이 무거웠다. 공주는 슬픔에 젖어 있는 사람이었다. 이루 말할 수 없는 고통을 겪은 사람이었다. 공주의 슬픔과 고통이 가슴에 그대로 느껴졌다. 도대체 무슨 일을 겪었기에 이토록 아파하는 것일까?

"지구에서 아득히 먼 곳, 우주 저편에 거울나라가 있어. 우주 여러 나라에서 거울나라 화폐가 통용될 만큼 강대국이지. 나는 거울나라 왕의 막내로 태어났어. 백성들이 나를 부러워했지. 강대국 거울나라 공주로 태어났으니 백성들이 나를 부러워하는 것은 당연한 일이었지. 하지만 나는 행복한 삶을 살지 않았어. 큰언니 미소공주와 둘째 언니 우주공주와 막내인 나 중에서 한 사람이 왕의 후계자가 되어야 할 운명이었지. 내 슬픔과 고통은 거울나라 공주로 태어난 것에서 비롯되었어. 우주공주가 왕의 후계자가 되고 싶어……."

공주가 거울나라와 자신의 삶에 대해 글을 쓰듯 이야기하기 시작했다.

우주마적단

거울나라 왕궁 정원에 꽃의 여왕이 살고 있었다. 꽃의 여왕은 거울나라에서 사람과 대화를 나눌 수 있는 유일한 식물이었다. 꽃의 여왕은 매우 중요한 일을 맡고 있었다. 거울나라 백성들이 직접 왕을 뽑지 않았다. 백성들은 자신의 이익에 따라 왕을 뽑을 수밖에 없었다. 그런 마음으로 왕을 뽑으면 거울나라를 잘 다스리지 못했다. 오랜 세월 전부터 꽃의 여왕이 왕의 후계자를 지목했다. 꽃의 여왕이 꽃의 고향으로 돌아가기 직전에 왕의 후계자를 지목하는 것은 거울나라의 훌륭한 전통이었다.

미소공주는 왕이 되지 않겠다고 선언했다. 성품이 착한 미소공주는 책을 읽고 글을 쓰고 그림 그리는 걸 좋아했다. 우주공주는 자신이 왕권을 물려받아 거울나라를 다스리게 될 거라고 공공연히 말했다. 우주공주는 거울나라만을 다스리고 싶어 하지 않았다. 여러 나라를 정복해 거울나라 영토와 권력을 넓히고 싶어 했다. 왕과 충성스러운 관리들은 우주공주 야망이 너무 크고 공격적인 기질이 강한 것을 걱정했다.

백성들이 막내 꽃공주를 공주라고 불렀다. 공주는 왕이 되겠다고 생각한 적이 없었다. 공주는 꽃을 좋아해서 아침부터 저녁까지 정원에서 살다시피 했다. 꽃이 피어나는 곳으로 쏘다니며 웃고 떠드는 것을 좋아하는 천진난만한 소녀였다.

공주가 11살이 되었다. 그해 봄에 꽃의 여왕 줄기에서 연꽃 모양의 연분홍 꽃이 피어났다. 백 년 만에 피어난 꽃이었다. 향기가 천 리까지 갈 만큼 신비롭고 아름다운 꽃이었다. 공주는 꽃을 보고 잠을 자지 않았다. 잠자는 시간마저 아까울 지경이었다.

"꽃이 피고 나서 일주일 후에 정말 꽃잎이 떨어져?"

공주가 물었다.

"이제 내 수명은 얼마 남지 않았어."

"그게 무슨 소리야?"

"꽃잎이 떨어지면 왕의 후계자를 지목하고 눈을 감게 될 거야."

"꽃의 여왕이 내 곁을 떠나는 것을 생각해 본 적이 없어."

공주가 울먹이며 말했다.

"서로의 마음속에 함께하고 있으니 너무 슬퍼하지 마."

"꽃의 여왕이 죽으면 난 어떻게 살아?"

공주가 눈물을 흘렸다. 눈물이 떨어져 꽃의 여왕 잎을 적셨다.

"공주는 일반 백성이 아니라 거울나라 흥망성쇠를 짊어진 운명으로 태어났어. 아직 어려 세상 물정을 잘 모르지만, 연약한 모습을 보이면 안 돼."

"누가 왕이 될지 그런 것에는 관심도 없어. 내게 가장 중요한 것은 꽃의 여왕이야. 죽으면 안 돼."

"태어나면 언젠가 죽어야 하는 것이 자연의 법칙이야."

"좋은 생각이 떠올랐어."

문득 좋은 생각이 떠올랐다. 영생의 거울을 보면 시간이 멈춰 죽지 않고 영원히 살게 될 것이다.

"영생의 거울을 보고 내 곁에 있으면 안 될까?"

"거울나라 법으로 영생의 거울을 보는 걸 금해 놓았어."

"과거의 거울을 보면 멈춘 시간을 움직일 수 있잖아. 백 년 동안 내 곁에 있다가 과거의 거울을 보면 되잖아."

"법을 어길 수 없어."

"오십 년 동안 내 곁에 있어 줘."

"그럴 수 없어."

"제발 부탁이야."

공주가 눈물을 흘리며 사정했다.

꽃의 여왕은 어린 공주의 눈물을 보고 마음이 흔들렸다.

"석 달 동안 공주 곁에 있어 줄게. 그 이상은 허락할 수 없어."

"그럼 석 달 동안만이라도 내 곁에 있어 줘."

"석 달 후에 내게 과거의 거울을 보여 주겠다고 약속하면 공주 소원대로 할게."

"석 달 후에 과거의 거울을 보여 줄게."

공주가 깡충깡충 뛰며 좋아했다.

공주가 왕궁 창고로 달려갔다. 왕궁 창고를 관리하는 궁녀가 잠시 자리를 비운 사이 영생의 거울을 옷 속에 감추고 밖으로 나왔다. 공주가 꽃의 여왕에게 영생의 거울을 보여 주었다. 공주도 영생의 거울을 보았다. 영생의 거울을 본 순간 공주와 꽃의 여왕 시간이 멈추었다. 공주가 주위를 살피며 왕궁 창고에 들어가서 영생의 거울을 제자리에 놓았다.

영생의 거울을 본 지 열흘째 되는 날 아침, 공주는 정원에서 꽃의 여왕과 대화를 나누었다. 세상에서 가장 아름답고 향기로운 꽃을 더 보게 되어 기분이 좋았다. 공주가 깔깔대었다.

왕궁 창고 쪽에서 나팔 소리가 요란하게 들려왔다. 창고 위에 큰 비행접시가 떠 있었다. 왕궁 군사들이 침입자들을 향해 레이저총을 쏘며 격렬하게 싸움을 했다.

"밖에 계시면 안 됩니다."

시녀가 공주 손을 잡아끌었다.

"무슨 일이 일어났어?"

"악명 높은 우주마적단이 쳐들어왔습니다."

"괜찮을까?"

"용감한 군사들이 있으니 염려하지 않아도 됩니다. 위험할지 모르니까 대피하셔야 합니다."

"꽃의 여왕이 다치면 안 돼."

"악당들은 식물에 관심도 없습니다."

공주는 시녀 손을 잡고 건물 지하실로 대피했다. 시녀가 싸움이 어떻게 되었는지 살피고 오겠다며 밖으로 나갔다. 시녀가 지하실로 내려와서 우주마적단이 달아났다고 말해 주었다.

우주마적단은 성능이 뛰어난 무기로 무장하고 어느 곳이든 쳐들어가서 원하는 물건을 강탈했다. 십여 년 전에도 우주마적단이 쳐들어온 적이 있었다. 우주마적단이 노린 것은 우주에서 통용되는 화폐를 만들 수 있는 화폐거울이었다. 우주마적단이 화폐거울을 빼앗으면 더욱 큰 세력이 되어 나쁜 짓을 일삼을 것이다. 그런 것을 염려해서 거울나라 조폐국 직원들이 화폐거울을 지하 깊숙한 곳에 숨겨 놓았다. 우주마적단이 화폐거울을 찾지 못해 다른 거울을 자루에 담아 급히 비행접시를 타고 달아났다. 창고 물건을 조사해 보니 영생의 거울과 과거의 거울과 몇몇 거울이 없어졌다.

"우주마적단이 영생의 거울과 과거의 거울을 갖고 가는 바람에 난리가 났어요."

시녀가 말했다.

"정말이야?"

"정말이에요."

"다행이군."

공주가 밝은 표정으로 말했다.

거울나라에 영생의 거울과 과거의 거울은 단 한 개뿐이었다. 거울나라 장인들이 여느 거울을 어렵지 않게 만들었다. 영생의 거울과 과거의 거울을 쉽게 만들지 못했다. 많은 생명을 희생해야 가까스로 만들 수 있는 중요한 거울이었다. 과거의 거울이 없어졌으니 멈춘 시간을 움직일 수 없게 되었다. 공주는 꽃의 여왕과 헤어지지 않게 되었다고 기뻐했다.

공주가 정원으로 뛰어갔다.

"우주마적단이 과거의 거울과 영생의 거울을 갖고 달아났대."

"으음."

꽃의 여왕이 충격적인 말을 듣고 잠시 말문이 막혔다.

"죽지 않고 오래오래 살면 좋잖아."

"죽지 않으면 거울나라 왕의 후계자를 지목할 수 없어."

"죽지 않고 왕의 후계자를 정하면 되잖아."

"죽지 않고 왕의 후계자를 지목하면 거울나라가 큰 혼란에 빠져. 왕권을 탐내는 무리들이 나를 협박하고 괴롭힐 게 불을 보듯 뻔해. 불상사를 막기 위해 죽기 직전에 왕의 후계자를 지목하는 것이지."

꽃의 여왕이 힘없는 목소리로 말했다.

꽃의 여왕은 영생의 거울을 본 걸 후회했다. 공주가 눈물을 흘리며 사정해도 영생의 거울을 보지 말아야 했다. 영생의 거울을 본 건 큰 실수였다. 거울나라 법을 어겼을 뿐만 아니라 신의 권위에 도전한 일이었다. 신의 노염을 사서 이런 사건이 일어난 것 같았다. 잘못을 저지르면 늦기 전에 속히 회개해야 한다. 꽃의 여왕이 회개 기도를 했다.

"무슨 잘못을 저지른 모양이군."

우주공주가 윤기 흐르는 흑마를 타고 정원에 왔다.

"언니가 여긴 무슨 일로 왔어?"

"꽃의 여왕이 공주 남자 친구라도 되는 모양이야. 희구한 날 둘이 붙어 지내는군."

"빈정대고 싶어 이곳에 왔어?"

"나도 꽃을 무척 좋아해."

우주공주가 아랫입술을 내밀며 약을 올렸다.

우주공주가 말안장에서 뛰어내렸다. 몸을 굽혀 꽃의 여왕 향기를 맡았다. 우주공주가 눈을 가늘게 뜨고 꽃의 여왕을 살피며 고개를 갸우뚱했다.

"꽃이 피고 일주일 후에 꽃잎이 떨어지잖아. 벌써 열흘이 지났어."

"죽음을 피할 수 없지만, 죽음의 시간을 어느 정도 연장할 수 있지. 왕의 후계자를 지목하지 못했을 경우 그런 적이 있었지. 한두 달 정도 피어 있다 꽃잎이 떨어진 적도 있었어. 석 달 동안 피어 있다 꽃잎이 떨어진 적도 있었어. 천 년 전에 그런 일이 있었고, 이천 년 전에도 그런 일이 있었지."

"왕의 후계자를 지목할 날이 얼마 남지 않았군. 과연 누구를 왕의 후계자로 지목할지 백성들이 숨죽인 채 주목하고 있어. 거울나라를 혼란에 빠뜨리지 않으려면 아무쪼록 현명하게 선택해야 되겠지. 내 말 뜻을 알아들었지?"

우주공주가 꽃의 여왕을 협박했다.

"내 맘대로 왕의 후계자를 지목하는 것이 아니지."

"누구 맘대로 왕의 후계자를 지목하지?"

"나는 단지 하늘의 뜻을 전하는 역할만 할 뿐이야."

"책임을 회피하기 위해 비겁하게 변명하는 건가?"

"하늘의 뜻을 전하기 위해 오래전부터 기도해 왔어."

"세상에서 꽃의 여왕만큼 지혜로운 식물이 없어. 난 꽃의 여왕을 믿어."

우주공주가 꽃잎을 만지며 너털웃음을 터뜨렸다.

징그러운 손길이 닿은 듯이 꽃잎이 바르르 떨렸다.

우주공주가 휘파람을 불며 사냥을 하러 산으로 향했다.

"벼락을 맞을 꽃의 여왕."

우주공주가 침을 뱉고 꽃의 여왕을 저주했다.

우주공주는 겉으로 꽃의 여왕을 칭찬하는 말을 했다. 속으로는 꽃의 여왕을 미워했다. 우주공주는 식물이 왕의 후계자를 지목하는 것을 못

마땅하게 생각했다. 우주공주가 측근들에게 반드시 꽃의 여왕 뿌리를 뽑아 없애겠다는 말을 자주 했다.

"공주마마, 좋은 소식이 있습니다."

점박이 비서실장이 말했다.

"무슨 소식?"

"세상이 개벽할 소식입니다."

"무슨 소식인데?"

"조심하십시오. 깜짝 놀라 뒤로 넘어질 수 있으니까. 뒤로 넘어지면 뒤통수가 깨질지도 모릅니다. 뒤통수가 깨지면 그건 내 책임이 아닙니다."

점박이 비서실장이 키득키득 웃었다.

"까불다가 된통 맞는다."

"공주와 꽃의 여왕이 거울나라 법을 어기고 영생의 거울을 보았답니다."

"이미 정보실장에게 보고를 받아 다 알고 있는 일이야."

우주공주가 화살로 점박이 비서실장 뒤통수를 때렸다.

우주공주가 활시위를 힘껏 당겼다. 화살이 공기를 가르며 왕궁 정원으로 날아가 꽃의 여왕 곁에 떨어졌다. 공주가 화들짝 놀라 뒤로 물러섰다.

"공주마마를 가까이 모시는 비서실장 모르게 일급비밀이 알려지다니."

"엉뚱한 일에 신경 쓰지 말고 내가 지시한 일만 하면 돼. 알았어?"

우주공주가 화살로 점박이 비서실장 뒤통수를 세게 때렸다.

"알겠습니다, 공주마마."

"내가 왕이 되는 것은 시간문제야."
"왕이 되면 불쌍한 점박이를 버리지 말아 주십시오."
점박이 비서실장이 우주공주 발 앞에 꿇어앉아 발등을 핥았다.
"하하하."
우주공주가 고개를 쳐들고 큰 목소리로 웃었다.

우주공주의 공격

　우주공주 측근들이 공주를 가만두지 않았다. 아무리 공주가 어리고 철이 없어도 중대한 잘못을 저질렀으니 용서할 수 없다고 했다. 영생의 거울을 본 공주를 교도소에 집어넣거나 해외로 추방하라고 한목소리로 몰아붙이고 상소문을 올렸다. 비난이 빗발쳤다.
　"폐하, 이번 사건은 결코 묵과할 수 없습니다. 법은 만민에게 공평하기 때문입니다. 공주를 처벌하지 않으면 백성들이 더 이상 법을 지키려고 하지 않을 겁니다. 백성들이 법을 지키지 않으면 나라의 근간이 심히 흔들리고, 걷잡을 수 없을 정도로 큰 혼란에 빠질지 모릅니다. 공주를 처벌하는 것이 결코 쉽지 않겠지만, 공정하게 판결해야 합니다. 공주를 처벌하는 것을 허락해 주십시오."
　"공주 나이가 어리다고 해서 용서할 수 있는 사건이 아닙니다. 장래를 위해 엄히 처벌하는 것이 옳은 줄로 사료됩니다. 잘못을 눈감아 주면 나중에는 더 큰 사건을 저질러 거울나라를 큰 혼란에 빠뜨릴 겁니다."
　내무장관과 문화장관이 말했다.

"여러 가지 이유로 거울나라에선 영생의 거울을 보는 걸 법으로 금했습니다. 공주가 거울나라 중요한 법을 어겼기 때문에 벌을 주어야 합니다. 어린 공주를 생각하면 안타깝지만, 어쩔 수 없는 일입니다."

법무장관이 말했다.

우주공주 측근들이 정치제도를 개혁하려고 들었다. 그들은 유능한 관리들이 거울나라 왕의 후계자를 뽑아야 된다고 했다. 영생의 거울을 본 꽃의 여왕은 순수함을 상실해 왕의 후계자를 지목할 자격을 잃었다고 했다. 우주 어느 나라에도 식물이 동물의 왕을 지목하는 데는 없다고 했다. 꽃의 여왕 뿌리를 뽑아 불태워 없애고 법을 새롭게 뜯어고치지 않으면 안 된다고 왕을 압박했다.

우주공주는 바쁜 나날을 보냈다. 매일 왕궁 밖으로 나갔다. 우주공주는 백성들과 대화를 나누며 민심을 얻으려고 했다. 백성들은 왕궁 밖으로 발걸음도 안 하는 미소공주와 공주보다 우주공주를 더 좋아했다. 대부분의 백성들이 우주공주가 왕이 될 재목이라고 생각했다. 우주공주 측근들이 전국 곳곳으로 다니며 법을 개정하기 위해 백성들을 설득했다. 백성들이 법을 바꾸는 걸 찬성하지 않았다. 하루아침에 오랜 전통을 바꾸는 것은 위험한 일이라고 했다. 백성들이 꽃의 여왕을 없애는 것도 반대했다. 법을 어겼으니 벌을 주는 정도로 끝내라고 했다.

왕이 신하들을 대동하고 꽃의 여왕을 심문하러 정원에 왔다. 공주가 꽃의 여왕 옆에 서 있었다.

"공주와 꽃의 여왕 중에 누가 먼저 영생의 거울을 보자고 했는가?"

왕이 물었다.

"제가 꽃의 여왕에게 영생의 거울을 보여 주었어요."

공주가 대답했다.

"공주는 무슨 이유로 꽃의 여왕에게 영생의 거울을 보여 주었지?"

"헤어지는 것이 싫어 그랬어요."

공주가 고개를 떨어뜨렸다.

"어떤 벌이라도 달게 받겠습니다."

꽃의 여왕이 말했다.

"공주 대신 벌을 받겠다는 것인가?"

"공주가 영생의 거울을 보자고 했을 때 제가 한사코 말렸어야 했습니다. 공주는 영생의 거울을 보면 법을 어긴다는 사실도 모르는 철부지입니다. 저의 부주의와 실수로 그런 일이 벌어진 겁니다. 제발 어린 공주를 해외로 추방하거나 교도소에 넣지 말아 주십시오. 거울나라 법 조문을 보면 미성년자에게 죄를 물어 교도소에 넣을 수 없다는 조항이 있습니다. 장관들이 공주를 교도소에 넣으려는 것은 거울나라 신성한 법률을 위반하는 행위입니다. 제게 모든 형벌을 내려 주십시오."

꽃의 여왕이 자신을 희생하며 공주를 지키려고 했다.

"으음, 그렇군."

왕이 고개를 끄덕이며 미소를 지었다.

"공주를 벌할 수 없으면 꽃의 여왕에게 죄를 물어야 합니다."

눈치 빠른 내무장관이 말했다.

"어떤 벌을 줄 생각이오?"

"회초리를 휘두르고 뜨거운 물을 부어도 된다고 허락해 주십시오."

"뜨거운 물을 부어 거울나라 최고 식물을 죽이려는 것이오?"

"법을 어겼으니 죽으면 어쩔 수 없습니다."

"거울나라 전통을 함부로 무너뜨릴 수 없소. 꽃의 여왕을 죽이는 건 쉽게 처리할 문제가 아니오."

"공주와 관련된 사건이라 더욱 공정하게 처리해야 합니다."

법무장관이 말했다.

권력욕이 강한 장관들이 우주공주 편에 서 있었다. 불쌍한 공주를 두둔하는 장관이 없었다. 왕이 장관들의 눈치를 살피며 한숨을 쉬었다. 바로 그때 군대장관이 왕 앞으로 나와 허리를 굽혔다.

"폐하, 꽃의 여왕을 죽이면 결코 안 됩니다."

"죽이면 안 되는 이유를 소상히 말해 보시오."

"꽃의 여왕은 세 공주 중에서 누구를 왕의 후계자로 지목해야 거울나라를 잘 다스릴지 밤낮 생각하고 기도해 왔습니다. 거울나라가 우주 어느 나라보다 강대하며 잘사는 것은 대대로 꽃의 여왕이 뽑은 왕이 나라를 잘 다스리고 백성들을 사랑했기 때문입니다. 꽃의 여왕을 없애면 그 순간부터 거울나라는 순수함을 잃어 내리막길을 걷게 될 겁니다."

군대장관이 말했다.

"식물이 왕의 후계자를 뽑는 것은 참으로 부당한 일입니다."

"거울나라가 강대국이 된 것은 한낱 식물에 지나지 않는 꽃의 여왕 때문이 아닙니다. 거울나라 사람들의 지능이 우주 어느 나라 사람들보다 뛰어나서 과학이 발달했기 때문입니다."

"꽃의 여왕에게 벌을 주지 않으면 법의 권위가 완전히 무너지고 말 겁니다."

우주공주 측근들이 끈질기게 공격했다.

"철없는 것 같으니. 내게 물어보지도 않고 영생의 거울을 보다니."

왕이 울먹이는 공주를 보며 혀를 끌끌 찼다.

왕이 뒷짐을 지고 꽃의 여왕 주위를 맴돌며 생각에 잠겼다.

거울나라 권력의 정점에 앉은 왕도 모든 것을 마음대로 할 수 없었다. 왕이 거울나라 장관들을 직접 임명하지 않았다. 백성들이 왕의 절대적인 권력을 견제하기 위해 거울나라 장관들을 뽑았다. 거울나라 장관들이 백성들의 대표로 뽑혀 각각의 직책대로 여러 가지 직무를 수행했다. 왕이 장관들의 말을 듣지 않는 것은 곧 민심에 무관심한 것이나 다름없었다.

"장관들의 말대로 꽃의 여왕을 벌하되 두 가지 조건이 있소."

왕이 장관들의 압력에 물러서지 않을 수 없었다.

"꽃의 여왕을 죽이는 짓을 하면 안 되오. 우주마적단이 과거의 거울을 어떻게 했는지 모르지만, 만일 과거의 거울을 찾으면 꽃의 여왕에게 왕의 후계자를 지목할 권한을 주어야 하오. 두 가지 조건을 받아들이면 법을 어긴 꽃의 여왕에게 어떤 벌을 주어도 상관하지 않겠소."

왕이 침울한 표정으로 말했다.

"폐하의 뜻대로 하겠습니다."

장관들이 마지못해 대답했다.

장관들이 꽃의 여왕을 없애지 못한 것을 아쉬워했다. 군대장관이 반대하지 않았으면 이번 기회에 꽃의 여왕을 없앨 수 있었을 것이다. 장관들이 군대장관을 노려보았다.

그날 오후부터 우주공주가 꽃의 여왕을 괴롭히기 시작했다.

"잘 부러지지 않는 회초리를 가져와."

우주공주가 말했다.

점박이 비서실장이 버드나무 회초리를 가지고 왔다.

"꽃의 여왕아, 세상에서 누가 가장 예쁘지?"

우주공주가 물었다.

"아직은 누가 예쁜지 잘 모르겠습니다."

"건방진 것. 따끔한 맛을 봐라."

우주공주가 회초리를 휘둘렀다.

"꽃의 여왕을 때리지 마."

공주가 발을 동동 구르며 소리를 질렀다.

"고통을 당해야 정신을 차리지."

"내가 꽃의 여왕에게 영생의 거울을 보여 주었어. 꽃의 여왕은 잘못한 것이 없어."

"누가 보여 주었든 영생의 거울을 보았으면 큰 죄를 지은 것이지."

우주공주가 회초리로 꽃의 여왕 줄기를 후려쳤다.

"언니 말이라면 뭐든지 다 들을 테니 제발 꽃의 여왕을 괴롭히지 마."

공주가 두 손을 싹싹 빌며 사정했다. 아무리 사정해도 우주공주는 들은 체도 하지 않았다.

"뜨거운 물을 뒤집어쓰면 제대로 말을 하겠지."

우주공주가 표독한 눈초리로 꽃의 여왕을 노려보았다.

시녀들이 주전자에 뜨거운 물을 담아 갖고 왔다. 우주공주가 꽃의 여왕에게 세상에서 누가 가장 예쁜지 물었다. 꽃의 여왕이 아직은 잘 모르겠다고 대답했다. 권력에 눈먼 우주공주가 꽃의 여왕 줄기와 잎에 뜨거운 물을 붓고 회초리를 휘둘렀다. 평화로운 정원에 비명이 울려 퍼졌다.

꽃의 여왕은 특이한 식물이었다. 잎과 꽃잎이 회초리에 맞고 떨어지지 않았다. 뜨거운 물을 뒤집어쓰고 죽지 않았다.

공주가 왕을 만나러 궁전으로 달려갔다.

"언니가 꽃의 여왕에게 회초리를 휘두르고 뜨거운 물을 부으며 괴롭히고 있어요."

공주가 주먹을 불끈 쥐고 말했다.

"과거의 거울을 찾기 전에는 꽃의 여왕에게 무슨 짓을 해도 어쩔 수 없는 일이다. 앞으로는 무엇을 하든 항상 자숙해야 한다."

왕이 엄한 표정으로 말했다.

"아버지!"

공주가 눈물을 흘렸다.

"과거의 거울을 찾을 때까지 힘들어도 잘 참아야만 된다."

왕이 울고 있는 공주 모습이 안쓰러운지 한숨을 쉬었다.

왕이 군대장관을 불렀다.

몸집이 크고 얼굴이 험상궂게 생긴 군대장관은 성품이 강직하고 충직한 신하였다. 군대장관을 제외한 모든 장관이 우주공주 측근들이었다. 군대장관은 우주공주를 지지하지 않았다. 우주공주 측근들이 군대장관을 포섭하기 위해 노력했지만, 그는 권력에 욕심내지 않았다. 오직 거울나라 영광과 발전을 위해 충성했다.

"이리 가까이 오시오."

왕이 군대장관을 손짓해 불렀다.

군대장관이 공주 옆으로 다가왔다.

"빠른 시일 안에 우주마적단 행방을 알아내시오."
"알겠습니다."
군대장관이 허리를 굽히고 대답했다.
"군대장관께 부탁이 있소."
"하명하시면 무엇이든 최선을 다해 따르겠습니다."
"막내 공주를 잘 지켜주시오."
왕이 궁녀들에게 들리지 않도록 나지막이 말했다.

이웃나라 신하들의 방문

거울나라 왕이 잃어버린 거울을 찾기 위해 이웃나라에 도움을 청했다. 영생의 거울과 과거의 거울을 찾으면 원하는 것을 주겠다고 했다.

기울나라 조폐국에서 화폐거울로 우주에서 통용되는 화폐를 만들었다. 정보나라 조폐국 기술자들이 똑같은 모양의 화폐를 만들었으나 끝내 실패했다. 거울나라 조폐국이 발행한 화폐는 액수에 따라 무게가 달랐다. 고액권 화폐는 소액권보다 훨씬 무거웠다. 건장한 장년이 고액권 화폐 한 다발을 겨우 들 수 있을 정도였다.

정보나라 왕이 화폐거울을 얻기 위해 신하들을 급히 거울나라로 보냈다.

"위대한 거울나라 왕이시여, 그런 사소한 일로 걱정하지 마십시오."

"정보나라에는 우주 곳곳으로 다니는 거상들이 있습니다. 그들은 유능한 거상들이라서 우주 온갖 정보를 소상히 알고 있습니다. 그들이 영생의 거울과 과거의 거울을 찾을 겁니다. 저희에게 고액권 화폐를 만드는 화폐거울을 주십시오."

정보나라 신하들이 자신 있는 표정으로 말했다.

"당신들을 믿어 보겠소."

왕이 말했다.

정보나라 신하들이 일 년 안에 잃어버린 거울을 찾아 준다는 계약서에 서명하고 화폐거울을 받았다.

정보나라 신하들은 화폐거울이 우주에서 통용되는 화폐를 만들 수 있는지 궁금했다. 본국으로 돌아가는 배 안에서 화폐거울 능력을 시험해 보았다. 화폐거울을 보며 액수를 말하면 우주에서 통용되는 고액권 화폐가 배 바닥에 쌓였다. 신하들이 너무 흥분해서 계속 화폐를 만들었다. 배 바닥에 화폐가 가득 쌓였다. 바다의 신이 격노했는지 광풍이 휘몰아쳤다. 배가 한쪽으로 기울며 침몰했다. 신하들이 널빤지에 의지해 가까스로 죽을 고비를 넘기고 후줄근한 차림으로 본국에 도착했다.

신하들이 깨끗한 옷으로 갈아입고 정보나라 왕 앞에 섰다. 왕은 신하들이 배 안에서 화폐거울로 고액권 화폐를 만들었다는 말을 듣고 껄껄 웃었다. 왕이 화폐거울을 보고 싶어 했다. 신하들이 왕 앞에 무릎을 꿇고 배가 침몰한 것을 알렸다. 왕이 대로해서 신하들을 교도소 좁은 독방에 집어넣었다. 화를 삭이지 못해 그들의 가족과 친척까지 교도소에 집어넣었다.

황금나라 왕도 거울나라 소식을 들었다. 황금나라는 금과 은, 구리와 철뿐만 아니라 여러 가지 희귀한 광물 자원이 풍부했다. 수백 년 동안 백성들이 굴을 파고 황금과 광물 자원을 캐어 여러 나라에 수출했다. 몇 년 전부터 황금이 별로 나오지 않았다. 황금나라 왕은 거울나라 황금거울을 얻기만 하면 국력을 강성하게 만들 수 있다고 믿었다. 좋은 기회를 놓치면 두고두고 후회할 것 같았다.

황금나라 왕이 신하들을 거울나라로 보냈다.

"폐하, 만수무강하옵소서."

"무슨 일로 온 것이오?"

왕이 물었다.

"영생의 거울과 과거의 거울을 찾고 있다는 소식을 듣고 바쁜 일을 제쳐두고 한달음에 달려왔습니다."

"거울을 찾을 자신이 있소?"

"황금나라 왕의 명예를 걸고 약속합니다. 황금거울을 주시면 반드시 거울을 찾고 말겠습니다."

"당신들의 말을 믿어 보겠소."

황금나라 신하들이 일 년 안에 잃어버린 거울을 찾아 준다는 계약서에 서명하고 황금거울을 받았다.

황금나라 신하들이 본국으로 돌아가는 도중에 높은 산을 넘다 날이 저물었다. 산장에서 하룻밤 묵기로 했다. 황금거울로 황금을 만들 수 있는지 궁금했다. 신하들이 황금거울을 보며 황금을 만들라고 명령했다. 달걀 모양의 황금이 바닥에 쌓였다. 신하들이 흥분해서 소리를 지르며 황금을 만들다가 산적들의 공격을 받았다. 산적들이 황금과 황금거울을 빼앗고 신하들의 옷과 신발을 홀랑 벗겼다. 신하들이 인근 마을에서 낡은 허수아비 옷을 벗겨 입고 본국으로 돌아갔다.

산적들은 황금을 빼앗아 기분이 좋았다. 황금을 팔아 대도시에 집과 건물을 매입하고 떵떵대며 살게 되었다고 좋아했다. 그날 밤 그들은 술을 진탕 마시고 황금을 공평하게 배분하는 문제로 말다툼을 벌였다. 두목이 황금 절반을 갖고 산적들이 나머지 황금을 골고루 나눠 갖기로 했다. 모두 잠든 새벽에 두목이 술에 곯아떨어진 부하들의 손목과 발목을 밧줄로 꽁꽁 묶었다. 두목이 황금을 자루에 넣어 당나귀 등에 얹고 산길을 내려가다 연못 속으로 황금거울을 휙 던져 버렸다.

 황금나라 왕이 거지 차림의 신하들을 보고 얼굴을 붉히며 화를 냈다. 황금나라 명예를 떨어뜨린 신하들의 죄를 물어 관직을 박탈했다.

 우주 여러 나라에 중요한 정보를 제공하고 생필품과 돈을 받는 난쟁이나라 왕이 거울나라 소식을 들었다.

 난쟁이나라 신하들이 비행접시를 타고 거울나라에 도착했다. 신하들이 거울나라 왕에게 영생의 거울과 과거의 거울을 찾아 주겠다고 장담했다.

 "난쟁이나라 신하들의 말이라면 믿을 수 있지."

 "폐하께서 우리를 믿어 주시니 정말 감사합니다. 거울을 찾을 테니 쑥쑥 크는 거울을 주십시오."

 "알겠소."

 난쟁이나라 신하들이 일 년 안에 잃어버린 거울을 찾아 준다는 계약서에 서명하고 쑥쑥 크는 거울을 받았다.

 난쟁이나라 신하들이 쑥쑥 크는 거울을 갖고 본국 공항에 도착했다. 신하들이 쑥쑥 크는 거울을 보면 정말 몸이 자라는지 궁금했다. 쑥쑥 크는 거울을 보며 나무보다 커지라고 명령했다. 순식간에 몸이 강둑에 서 있는 나무보다 높이 자랐다. 깜짝 놀라 쑥쑥 크는 거울을 바닥에 떨어뜨려 깨뜨리고 말았다. 신하들이 거인족 거인보다 커서 걸을 때마다 난쟁이나라 백성들이 발에 깔려 비명을 지르며 죽었다. 왕이 신하들을 국경선 성벽을 지키는 경비병으로 임명했다.

몸이 거대해 여러 가지로 불편했다. 방에 앉아 편히 쉴 수 없었다. 누워 잠잘 곳도 마땅치 않았다. 여행자들이 동물원 동물을 구경하듯 신하들을 쳐다보며 사진을 찍고 웃었다. 음식을 많이 먹어도 늘 배가 고파 미칠 지경이었다. 몸에 맞는 옷이 없어 긴 천으로 대충 옷을 만들어 걸쳤다. 새들이 신하들의 머리와 어깨 위에 앉아 부리로 몸을 콕콕 쪼고 똥을 갈겼다. 신하들은 지나친 욕심으로 불행해진 것을 깨닫고 후회의 눈물을 흘렸다.

거울나라에서 가장 유명한 곳이 바로 거울학교였다. 거울나라 백성이라면 누구든 입학하기 쉽지만, 졸업하는 것은 무엇보다 어려웠다. 거울학교를 졸업하고 혼자 거울을 만드는 사람은 거의 없었다. 명인 밑에서 본격적으로 거울 만드는 과정을 밟았다. 거울나라 거울은 물체 모양을 비추어 보는 단순한 기구가 아니었다. 마음의 힘과 우주 에너지와 과학적인 기술을 합쳐 만든 신비로운 거울이었다. 적어도 오십 년 이상 명인 밑에서 배워야만 징인으로 인정을 받았다.

장인들이 각자의 능력대로 심혈을 기울여 거울을 만들었다. 거울을 만들 때에 가장 중요한 것은 마음이다. 나쁜 마음으로 거울을 만들면 거울을 보는 사람이 나쁜 마음을 닮게 된다. 나쁜 마음으로 거울을 만들면 곧바로 깨뜨려 버려야 한다. 좋은 마음, 사랑의 마음, 착한 마음, 측은히 여기는 마음으로 만든 거울을 보면 그런 마음을 닮게 된다.

거울감독원의 까다로운 심사에 합격하면 품질 인증 상표를 붙였다. 거울감독원 심사를 통과한 거울은 탐욕과 나쁜 마음에 부정적으로 반응했다. 탐욕으로 거울을 소유하면 언젠가 불행한 일을 겪었다. 이웃나라 신하들은 지나친 탐욕으로 거울을 소유했고, 거울은 그들의 검은 욕망과 함께할 수 없었다.

  거울나라 왕은 영생의 거울과 과거의 거울을 찾지 못하면 어떻게 될지 누구보다 잘 알았다. 겉으로 초조한 감정을 드러내지 않았지만, 심각한 상황이었다. 지푸라기라도 잡고 싶은 심정이었다. 거울나라 왕은 이웃나라 신하들의 소식을 듣고 다른 방법으로 거울을 찾기로 했다. 중요한 거울을 잃어버린 걸 널리 알리고 싶지 않지만, 어쩔 수 없었다. 우주 각 나라에 우주마적단이 나타나면 즉시 연락해 달라는 공문을 보냈다. 이십여 년 전에 우주형사재판소에서 우주마적단을 약탈범죄자로 긴급 수배령을 내렸다. 거울나라 왕이 우주형사재판소 수장에게 전화해 적극적으로 우주마적단을 잡아 달라는 도움을 청했다.

악취를 풍기는
꽃의 여왕

우주공주가 측근들을 비밀 장소로 소집했다. 측근들이 모여 대책을 의논했다. 전국에서 내로라하는 술객과 주술사들을 급히 불렀다. 술객과 주술사들이 근시하며 거울나라 왕이 거울을 찾지 못하도록 미친 듯이 주문을 외웠다.

우주공주가 영생의 거울과 과거의 거울을 먼저 찾아 없애려고 했다. 두 거울을 없애기만 하면 우주공주가 거울나라 왕이 되는 것은 기정사실이었다. 우주에서 활동하는 일급 정보원들을 고용했다. 우주마적단 행방을 알아내어 보고하라고 했다. 일급 정보원들이 우주공주에게 우주마적단 위치를 보고했다. 우주공주가 특수부대 출신 용병들에게 우주마적단 악당들을 체포하라는 명령을 내렸다.

우주마적단은 산전수전 다 겪은 악당들이었다. 용병들의 공격에 쉽게 패배하지 않았다. 우주마적단은 자신들이 탈취한 거울로 인해 목숨을 잃을 수 있는 것을 알게 되었다. 우주마적단이 온데간데없이 자취를 감추었다. 깊은 동굴 속에 숨어 지낸다는 소문이 퍼졌다. 잠수함을 탈취해 침몰한 보물선을 찾으러 바다 깊은 곳으로 다닌다는 소문이 퍼지기도 했다.

우주공주는 우주마적단을 잡지 못해 신경이 날카로웠다. 툭하면 점박이 비서실장을 때렸다. 점박이 비서실장을 괴롭히는 것으로는 분이 풀리지 않았다. 우주공주는 꽃의 여왕에게 회초리를 휘두르고 뜨거운 물을 부었다. 회초리가 닿은 가지에 가시가 돋아 자랐다. 뜨거운 물이 닿은 줄기는 나무껍질보다 딱딱해 아름다운 모습을 완전히 잃어버렸다.

"많이 아프지?"

공주가 가시를 만지며 물었다.

"괜찮으니까 걱정하지 마."

"거짓말을 하면 안 될까?"

"거짓말을 하면 내 몸에서 지독한 악취를 풍겨."

"괴로움을 당하지 않는 것이 더 좋잖아."

"정말 내가 거짓말하는 걸 원해?"

"난 왕이 될 생각이 없어. 우주공주가 가장 예쁘다고 말해."

공주가 울며 사정했다.

"원하는 대로 할 테니 한 가지만 약속해."

"무슨 약속?"

"왕이 될 생각이 없다는 말을 누구에게도 말하면 안 돼."

"알았어."

공주가 고개를 끄덕였다.

우주공주가 아침을 먹고 점박이 비서실장을 불렀다. 오늘은 꽃의 여왕을 어떻게 괴롭히면 좋을지 점박이 비서실장에게 물었다. 점박이 비서실장이 꽃의 여왕 주위에 검정 천막을 둘러쳐 햇빛을 받지 못하도록 하는 것이 가장 좋겠다고 대답했다. 우주공주가 막대기로 점박이 비서실장 머리를 때렸다. 점박이 비서실장이 훌쩍였다.

우주공주가 시녀들과 함께 정원에 왔다.

"아름다운 꽃의 여왕아, 세상에서 누가 가장 예쁘지?"

우주공주가 물었다.

"미소공주와 우주공주가 세상에서 가장 예쁩니다."

"이제야 정신을 좀 차렸군. 둘 중에 누가 더 예뻐?"

"아직은 잘 모르겠습니다."

"아니, 이게 무슨 냄새지?"

우주공주가 얼굴을 찡그렸다.

"꽃의 여왕 잎과 가지에서 악취를 풍기는 겁니다."

점박이 비서실장이 말했다.

"악취를 풍기는 이유를 알아?"

"새빨간 거짓말을 해서 악취를 풍기는 겁니다."

"날 놀리는 거야?"

우주공주가 손바닥으로 점박이 비서실장 머리를 때렸다.

"사실을 말했는데 아프게 때리는군요."

점박이 비서실장이 울상을 지었다.

"으흠, 점박이 말이 사실인 모양이군."

우주공주가 손바닥으로 코를 막았다.

"식물 주제에 감히 내게 거짓말을 하다니."

우주공주가 회초리로 꽃의 여왕을 후려쳤다.

"제발 꽃의 여왕을 괴롭히지 마."

공주가 소리를 질렀다.

공주가 주먹을 불끈 쥐었다. 공주가 화를 참으며 부들부들 떨었다.

"거울나라 왕께서 법을 어긴 꽃의 여왕을 괴롭혀도 된다고 허락했어. 억울하면 왕께 따지면 되잖아."

"꽃의 여왕을 괴롭힌 만큼 언젠가 언니도 비참하게 당하고 말 거야."

공주가 이를 악물고 씨근거렸다.

"내가 왕이 될 때까지 날마다 꽃의 여왕을 괴롭혀 줄게."

우주공주가 고개를 젖히고 웃음을 터뜨렸다.

우주공주는 하루도 쉬지 않고 꽃의 여왕을 괴롭혔다. 아침마다 우주공주가 점박이 비서실장에게 꽃의 여왕을 괴롭히는 방법을 물었다. 점박이 비서실장이 머리를 쥐어짜며 꽃의 여왕을 괴롭히는 방법을 말해 주었다. 우주공주는 점박이 비서실장이 말한 대로 꽃의 여왕을 괴롭혔다. 줄기와 잎에 설탕을 바르고 수천 마리의 불개미와 진드기를 풀어 꽃의 여왕을 괴롭혔다. 불에 타지 않을 정도의 거리에 뜨거운 난로를 놓고 꽃의 여왕을 괴롭혔다. 꽃의 여왕 앞에 공주 사진을 놓고 바늘로 콕콕 찔렀다. 발광하며 괴성을 지르는 밴드 음악을 밤새도록 틀어 잠을 자지 못하게 했다. 온갖 방법으로 꽃의 여왕을 괴롭히며 즐거워했다. 심지어 비가 억수같이 쏟아지는 날에도 우비를 입고 정원에 와서 회초리를 휘두르고 악녀처럼 깔깔대었다.

지구에 도착한 공주

　마음의 고통이 심해 하루가 십 년처럼 길게 느껴지는 세월이 흘러갔다. 어느덧 공주가 태어난 지 299년이 되었다.
　시간이 흐를수록 우주공주 추종자들이 여러 단체를 결성해 활발히 활동했다. 추종자들이 우주공주를 왕으로 생각하고 극진히 떠받들었다. 우주공주는 추종자들의 지도자와 측근들을 어느 요직에 앉힐지 미리 임명해 놓았다. 우주공주는 당대 최고 모사들과 함께 이웃나라뿐만 아니라 여러 나라를 정복할 계획까지 완벽하게 세워 놓았다.
　이웃나라 왕들이 거울나라 우주공주가 왕이 되면 전쟁을 일으켜 수많은 생명이 죽고 다치게 될 거라는 소문을 들었다. 거울나라에 첩자를 보내 소문이 사실인지 확인했다. 이웃나라 왕들은 우주공주가 왕이 되는 것을 원하지 않았다. 이웃나라 왕들이 신하들에게 과거의 거울과 영생의 거울을 찾으라는 명령을 내렸다.
　정보나라 군대장관이 정보나라에 잠입한 우주마적단 애꾸는 부두목을 붙잡았다. 우주마적단 부두목은 영생의 거울과 과거의 거울이 어디에 있는지 말을 하지 않았다. 우주마적단 부두목에게 가장 좋아하는 것과 무서워하는 것을 물어보았다. 가장 좋아하는 것은 우주에서 통용되는 화폐였다. 가장 무서워하는 것은 자신의 왼쪽 눈을 실명시킨 코브라였다. 정보나라 군대장관이 우주마적단 부두목을 의자에 앉혀 밧줄로 손발을 단단히 동이어 묶고 코브라를 앞에 놓았다. 코브라가 몸을 곧추세우고 혀를 날름거리며 우주마적단 부두목을 노려보았다.

우주마적단 부두목이 부들부들 떨며 영생의 거울과 과거의 거울이 어디에 있는지 실토했다. 우주마적단 두목은 거울나라 창고에서 화폐 거울을 찾지 못했다. 아무짝에도 쓸모없는 몇몇 거울만을 자루에 담았다. 독한 술에 얼큰하게 취한 우주마적단 두목이 비행접시를 타고 지구 위를 통과할 때에 거울을 휙 던져 버렸다.

"두목이 거울을 지구로 던져 버렸어."

"그게 사실이냐?"

정보나라 군대장관이 물었다.

"천하무적 우주마적단 부두목은 죽으면 죽었지 거짓말을 하지 않는다. 원하는 정보를 주었으니 마녀처럼 혀가 길게 늘어나는 코브라를 빨리 치우고 날 석방하라."

"애꾸눈 부두목을 석방해 주마."

정보나라 군대장관이 우주마적단 부두목을 석방했다.

정보나라 왕은 거울나라 왕에게 영생의 거울과 과거의 거울이 있는 곳을 알리지 않기로 했다. 우주공주 측근들이 왕궁 요직을 차지했다. 거울에 대한 정보가 새어 그들에게 알려질까 염려했다. 정보원이 거울나라에 잠입해 정보나라 왕의 서신을 공주에게 은밀히 전해 주었다.

공주가 야밤에 아무도 모르게 정원에 왔다. 공주가 꽃의 여왕에게 낮은 목소리로 정보나라 왕의 서신을 읽어 주었다. 꽃의 여왕이 공주에게 지구에 가서 영생의 거울과 과거의 거울을 찾으라고 했다.

공주는 영생의 거울과 과거의 거울을 찾는 걸 망설였다. 꽃의 여왕이 과거의 거울을 보면 멈춘 시간이 움직여 아름다운 모습을 되찾고 곧 죽게 될 것이다. 공주는 꽃의 여왕과 헤어지고 싶지 않았다.

"우주공주가 영생의 거울과 과거의 거울이 있는 곳을 알게 될지 몰라. 우주공주가 거울을 찾으면 그걸 없애 버릴 거야. 그러면 우린 더욱 불행하게 살아갈 수밖에 없어. 우리가 먼저 거울을 찾아야만 불행을 막을 수 있어."

꽃의 여왕이 말했다.

공주는 정원에서 꽃의 여왕과 함께 있는 것이 가장 즐겁고 행복했다. 어린 시절부터 꽃의 여왕 곁을 떠난 적이 없었다. 우주공주가 꽃의 여왕을 괴롭혀 매일 고통스러운 시간을 보냈지만, 엄마 곁에 있는 듯이 의지가 되있다. 꽃의 여왕 곁을 떠날 생각을 하니 불안했다. 지구에 간 동안 꽃의 여왕에게 무슨 일이 일어날지 걱정이 되었다. 꽃의 여왕 곁을 떠나는 것이 싫었지만, 꽃의 여왕 말에 따르지 않을 수 없었다. 꽃의 여왕을 위하는 일이라면, 꽃의 여왕이 원하는 일이라면 지구보다 먼 곳도 기꺼이 가겠다고 다짐했다.

공주가 왕에게 최신형 비행접시와 황금거울을 달라고 했다. 왕이 공주에게 어디로 가려는지 물었다. 공주는 왕궁 안의 삶이 따분해서 이곳저곳 여행을 다녀 보겠다고 대답했다. 왕이 며칠 생각에 잠기더니 공주에게 최신형 비행접시와 황금거울을 주었다.

공주는 시녀와 함께 비행접시를 타고 거울나라 여러 지역을 돌아다녔다. 공주는 백성들의 삶을 알게 되었다. 거울나라는 우주 어느 나라보다 잘사는 강대국이었다. 모든 백성이 잘사는 것이 아니었다. 가난한 사람들도 있었다. 시장 거리와 모퉁이에 앉아 채소와 과일을 파는 사람들도 있었다. 힘든 노동일에 종사하는 사람들도 있었다. 복지가 발달한 거울나라에 노숙인들도 있었다.

　공주는 북적이는 시장 식당에 앉아 음식을 주문했다. 식당에서 음식을 먹는 사람들이 텔레비전 뉴스를 보며 대화를 나누었다. 왕의 나이가 많은데 아직도 왕의 후계자를 정하지 않은 걸 걱정했다. 미소공주는 정치에 관심이 없으니 왕이 될 자격이 없다고 했다. 우주공주가 왕이 되면 영토를 확장하기 위해 전쟁을 일으켜 백성들을 괴롭힐 거라고 했다. 전쟁이 길어지면 젊은 남자들이 전쟁터로 끌려가서 다치거나 죽게 될 거라고 했다. 막내 공주가 왕이 되면 좋을 텐데, 그러려면 과거의 거울을 찾아야 된다고 했다. 거울나라 특수부대 대원들이 우주마적단을 잡으려고 뒤를 쫓고 있지만, 워낙 신출귀몰해서 아직 그들을 잡지 못했다고 했다.

　공주는 우물 안 개구리처럼 세상 물정에 어두운 채 왕궁 안에서만 살아온 것을 깨달았다. 사람들이 시장 식당에서 식사하며 거울나라를 걱정했다. 일국의 공주가 안일하게 살아온 것이 몹시 부끄럽게 느껴졌다. 공주는 꽃의 여왕이 과거의 거울을 찾으려는 이유를 알게 되었다. 국운이 걸린 중대한 일이었다. 과거의 거울을 찾지 못하면 결국 우주공주가 거울나라 왕이 될 것이다. 사람들의 말을 듣고 보니 우주공주가 왕이 되면 결코 안 된다는 생각이 들었다.

비 내리는 야밤에 아무에게도 알리지 않은 채 비행접시를 타고 광활한 우주를 가로질러 지구로 향했다. 태어나서 한 번도 거울나라 밖으로 나간 적이 없었다. 우주공주 사병들에게 발각될까 걱정이 되었다. 다행히 우주공주 사병들이 공주를 미행하지 않았다. 우주마적단 같은 악당들에게 공격을 당해 흔적도 없이 사라질까 두렵기도 했다. 꽃의 여왕을 위한 일이라면 어떤 위험도 감당하겠다고 마음먹었다.

공주는 지구에 도착해 거울을 찾으러 다니기 시작했다. 과거의 거울을 찾는 것은 그리 어렵지 않았다. 과거의 거울은 여느 거울과 달리 거울나라 기운을 강렬하게 내뿜었다. 과거의 거울이 어디에 있는지 곧 알게 되었다. 공주는 깊은 산속에 살고 있는 수를 가만히 지켜보았다. 수는 산짐승을 잡는 잔인한 사냥꾼이 아니라 꽃을 좋아하는 약초꾼이었다. 꽃을 좋아하는 사람이라면 악인이 아닐 것이다. 마음이 편안해졌다. 과거의 거울을 돌려받는 것에 대해 불안하지 않았다.

난 언니를 죽이고 싶을 정도로 미워했어

"난 언니를 죽이고 싶을 정도로 미워했어."

공주가 말했다.

수는 공주의 한숨과 눈물과 상처를 생각하자 가슴이 아팠다. 슬픈 감정이 북받쳐 고개를 숙이고 소리 없이 울었다.

"미워하면 내 마음이 돌처럼 굳어지고, 미워한 만큼 내가 괴로움을 당할 거라고 꽃의 여왕이 말했어. 난 그 말을 이해하지 못했어. 시간이 흐를수록 내 마음은 돌처럼 굳어졌고, 내 몸은 안 아픈 곳이 없었어. 열한 살 소녀 모습을 하고 있지만, 몸은 지치고 병들고 고통을 받으며 살아왔어. 언니를 미워하지 않으려고 해도 마음대로 되지 않았어. 나중에는 미움이 미움을 낳았고, 갈수록 언니를 더욱 미워하게 되었어."

"누구든 공주 입장이라면 그럴 수밖에 없었을 거야."

수가 눈물을 흘렸다.

"나는 눈물을 흘리지 못해. 꽃의 여왕 줄기와 꽃잎에서 악취를 풍긴 날부터 눈물이 나오지 않았어. 일찍 돌아가신 엄마를 생각하며 울어

보려고 했지만, 눈물이 나오지 않았어."

"너무 큰 고통을 당하면 눈물이 나오지 않는 법이지."

"평소에도 잘 울어?"

"어린 시절에는 눈물을 곧잘 흘렸지. 장성한 이후엔 눈물을 흘리지 않았어. 산속에서 살면서 나도 모르게 눈물을 흘리게 되었어. 정처 없이 흘러가는 구름을 보며 어디에 편히 머물지 못해 참으로 고단하고 외로울 거라는 생각이 들어 눈물을 흘렸고, 무성한 나뭇잎이 서리를 맞고 우수수 떨어지는 걸 보며 슬퍼 눈물을 흘렸어. 곤충이 죽은 걸 보고 애처로워 눈물을 흘렸어. 가을에 귀뚜라미가 처량하게 우는 소리를 들어도 눈물을 흘렸어. 장마철에 나무가 쓰러진 걸 보고 안타까워 눈물을 흘렸어. 왜 눈물을 잘 흘리는지 모르겠어."

"정말 그 이유를 몰라?"

"모르겠어."

"물거울을 보면 마음의 때가 깨끗이 씻기는 기분이라며?"

"그런 기분이 들었지."

"물거울을 보고 마음이 맑아져서 눈물을 자주 흘리는 거잖아."

"하긴 그럴지도 모르지."

"사람이 나무와 대화를 나누는 것은 드문 일이라며?"

"드문 일이지."

"나무와 대화를 나누게 된 이유를 몰라?"

"잘 모르겠어. 갑자기 그렇게 되었으니까."

"물거울을 봐서 그런 거잖아."

"그렇군."

수가 고개를 끄덕였다.

"물거울을 보면 언니를 미워하지 않을 것 같은 생각이 들었어."

"미워하면서도 마음이 아팠구나."

"미워하는 내가 싫으면서도 어쩔 수 없었어."

"내가 공주라고 해도 그럴 수밖에 없었을 거야."

"수는 착해서 그렇게 하지 않았을 거야."

"나도 누굴 죽도록 미워했어."

"정말 그토록 미워한 적이 있었어?"

"미워하지 않았으면 첩첩산중으로 오지도 않았겠지."

"누굴 미워했어?"

"세상에서 가장 가까운 사람."

수가 고개를 돌려 창밖을 내다보았다.

"수에게도 아픈 사연이 있었구나."

공주가 주먹으로 가슴을 쳤다.

공주 이야기를 듣는 동안 밤이 깊어 갔다. 먹빛 밤하늘에 뭇별이 반짝였다. 남쪽 밤하늘에 별똥별이 푸른 선을 그으며 사라졌다.

어느 날 밤에 아내가 창가에 앉아 별똥별을 바라보며 맹세한 것이 문득 생각났다. 영원히 변치 않겠다고, 다음 생에도 함께하겠다고 맹세했다. 아내는 맹세한 것을 기억하고 있을까? 기억은커녕 까맣게 잊고 있으리라.

평소에는 아내를 잊고 생활했다. 깊은 산속에 살고 있지만, 하루하루 바쁘게 살았다. 약초를 채취하고, 농사를 짓다 보면 무슨 생각에 잠길 겨를도 없이 날이 저물었다. 공주의 슬픈 이야기를 듣게 된 탓인지 오늘따라 아내가 생각났다. 아직도 아내를 미워하고 있을까? 수는 속으로 자신에게 물었다. 애증의 거친 물살이 소용돌이치며 흘러갔고, 그 자리에 아련한 추억만이 남아 있을 뿐이었다. 희로애락이 사라져 모든 것이 옛날 일이 되었다.

"거울나라 백성 중에는 나를 이해하지 못하는 사람들이 많이 있어. 식물 때문에 내가 슬퍼하고 언니를 미워하는 걸 이해할 수 없다고 했지."

"세상에서 가장 사랑하는 꽃의 여왕이 가시나무가 되는 것을 지켜보는 것은 말할 수 없을 정도로 극심한 고통이야. 하루 이틀도 아니고 긴 세월 동안 고통을 받으며 살아왔으니 언니를 미워하는 건 당연한 일이야."

"수는 거울나라 백성이 아닌데도 진심으로 나를 이해해 주었어. 수가 나를 이토록 이해해 주리라고 생각지도 못했어. 고마워."

공주가 수의 손을 잡고 말했다.

"공주를 위해 힘닿는 대로 도와줄게."

수가 장롱 속에 넣어 둔 거울을 떠올리며 말했다.

꽃의 여왕과 이별하는 것이
너무 두려워

 성깔 사나운 돌개바람이 나타나서 방문을 두드리며 공연히 심술부렸다. 수는 공주와 함께 밖으로 나와 방문을 닫고 마루에 나란히 앉았다. 돌개바람이 공주 앞에서 빙글빙글 돌았다. 공주가 검지손가락으로 마당 저편을 가리켰다. 돌개바람이 어둠 속으로 사라졌다. 창호지 밖으로 흘러나온 불빛이 마루를 적시고 있었다.
 산기슭에서 고라니가 울었다.
 "방금 날카로운 목소리로 운 동물 이름이 뭐야?"
 "고라니란 동물이야."
 "짝을 찾으러 다니는 걸 보면 무척 외로운 모양이군."
 "동물의 말을 알아들을 수 있어?"
 "거울나라 사람들은 모든 동물과 대화를 나눠."
 "대화를 나누면 동물을 사냥하기 어려울 텐데."
 "우주공주와 측근들이 사냥하는 걸 좋아했어. 동물들이 우주공주를 싫어했지. 동물들이 우주공주가 왕이 되면 전쟁을 일으켜 수많은 생명이 죽게 될 거라고 소문을 퍼뜨렸어. 거울나라 여러 지역에서 동물들이 떼를 지어 마을로 내려와 우주공주가 왕이 되면 안 된다고 농성하듯 떠들기도 했지. 나쁜 소문이 점점 퍼지면서 백성들이 우주공주를 다시 보게 되었어. 민심이 곧 천심이라고 했어. 백성들의 마음이 우주공주에게서 점점 멀어지고 있어."

"공주의 때가 가까이 다가온 것 같네."

"아직도 난 왕이 될 생각이 별로 없어."

공주가 고개를 저었다.

앞산 바위 쪽에서 부엉이가 "부엉부엉" 하고 울었다.

"부엉이가 무슨 말을 하는 거야?"

"고라니가 수의 텃밭에 와서 농작물을 망가뜨리고 있대. 마루 밑에서 쿨쿨 잠만 자고 있다고 누렁이를 욕했어."

공주가 허리를 굽혀 마루 밑을 들여다보았다.

누렁이가 마루 밑에 숨어 낑낑대었다.

"누렁이가 공주를 무시워하고 있이."

"낯이 설어 날 무서워하는 모양이야."

공주가 웃었다.

"누렁이에게 친절하게 대해 주었으면 좋겠어."

"누렁아, 이리 나오렴. 내가 널 해치지 않을게."

공주가 부드러운 목소리로 말했다.

누렁이가 마루 밑에서 나와 공주 발 앞에 다소곳이 앉았다. 누렁이가 공주를 쳐다보며 꼬리를 흔들었다.

"개를 왜 한 마리만 키워?"

"몇 달 전에 수캐 한 마리가 죽었어. 이곳은 깊은 산속이라서 멧돼지가 자주 내려오지. 멧돼지와 맹렬히 싸우다가 죽었어."

"저런."

"아직도 죽은 개가 생각나서 보고 싶어."

"만날 수 없어 그리운 것은 아주 멀리멀리 떨어져 있지."

공주가 총총한 별빛을 바라보았다.

침묵이 흘렀다.

잠이 오지 않는 밤, 수는 밤하늘을 바라보며 별의 이름을 부르고 별을 헤아리며 밤을 지새우곤 했다. 수가 이름을 부른 어느 별에서 이곳까지 온 공주를 생각하면 장롱 속에 넣어 둔 거울을 주어야 한다. 막상 거울을 주려면 쉽지 않을 것 같았다. 어머니가 수에게 물려준 유일한 물건이다. 수는 거울을 볼 때마다 어머니를 그리워했다.

"궁금한 게 있어."

"무엇이 궁금해?"

"거울나라는 왜 거울만을 만들어?"

"수는 약초에 대한 전문가잖아. 개인도 전문 분야가 있고, 크게는 나라도 어떤 물건을 잘 만드는 게 있지. 거울나라 몇몇 산업은 우주에서 가장 발달했어. 거울을 만드는 것도 우주에서 가장 발달했지. 이미 수천 년 전부터 현재와 비슷한 거울을 만들 정도였어. 세월이 흐를수록 거울을 더욱 잘 만들게 되었지."

"어떤 종류의 거울을 만들어?"

"오랜 세월 전에 다른 장인들보다 거울을 잘 만드는 분이 있었지. 그의 제자들이 다양한 종류의 거울을 만들기 시작했지. 그 무렵 영생의 거울과 과거의 거울을 만들었어. 그 이후로 거울나라 장인들이 여러 거울을 만들고 있지만, 영생의 거울과 과거의 거울을 만들지 못했어. 두 거울은 신의 도움 없이는 결코 만들 수 없을 정도로 뛰어난 거울이야. 몇 차례 두 거울을 만들다 수백 명의 장인이 다치거나 죽었지. 거울이 자신의 능력만큼 생명의 피를 요구했고, 그런 이유로 거울을 만들다 포기했지."

"과거가 다 보이는 거울도 있어?"

"영생의 거울을 보면 죽음의 시간이 멈춰 버리지. 영생의 거울을 본 사람의 시간을 움직이려면 반드시 과거의 거울을 봐야만 돼. 과거의 거울은 멈춘 시간을 움직일 뿐만 아니라 지난날의 모습이 다 보이기도 하지."

"세상에서 내가 가장 사랑하던 사람에게 배신을 당했어. 그 일로 큰 고통을 겪었고, 폐인이 되어 술만 마셨지. 어머니가 죽기 직전에 내게 거울을 주었어. 정말 이상한 거울이었어. 거울을 보자 영화 장면처럼 과서 모습이 다 보였어. 이곳은 약초꾼으로 살았던 할아버지 집이었어. 초등학교와 중학교 방학 동안 이곳에 와서 할아버지와 함께 지내곤 했지. 거울 속 내 모습 중에서 가장 행복했던 시절이었어. 거울을 보고 나서 이곳으로 와서 약초꾼으로 살게 된 것이지."

"그랬구나."

"왜 내게 거울을 달라 말하지 않지?"

"떠날 때가 되면 거울을 달라고 할게."

"언제든지 장롱을 열고 거울을 꺼내 가도 괜찮아."

"나는 꽃을 좋아해. 봄에 피어나는 지구의 꽃을 보고 싶어. 봄이 올

때까지 거울을 장롱 속에 그대로 둘 생각이야. 거울은 수에게도 소중한 물건이잖아."

"거울나라로 돌아가기 싫어?"

"꽃의 여왕은 가시가 돋은 모습으로 거울나라 왕의 후계자를 지목할 수 없어. 과거의 거울을 보고 예전의 아름다운 모습을 되찾고 나서 나를 왕의 후계자로 지목하고 죽으려는 거야. 아직도 난 꽃의 여왕과 이별하는 것이 너무 두려워."

"꽃의 여왕이 공주에게 아름다운 모습을 보여 주고 싶은 모양이군."

"이제 내겐 겉모양은 전혀 중요치 않아. 가시나무가 된 모습이라도 상관없어. 우주공주에게 괴롭힘을 당하지 않은 채 오래오래 함께 살고 싶은 게 내 소망이야."

공주가 밤하늘을 바라보며 말했다.

"어쩌면 내가 철없는 아이처럼 투정하는 건지도 모르지. 왕은 늙어 얼마 살지 못할 텐데, 일국의 공주가 나라 걱정을 하지 않고 꽃의 여왕만 생각하고 있으니 말이야. 시장에서 바쁘게 장사하는 사람들도 나라를 걱정하고, 심지어 동물들도 나라를 걱정하고 있는데, 아직도 난 과거의 기억에서 벗어나지 못해 슬피 울고만 있어. 영생의 거울을 보고 시간이 멈춰 열한 살 소녀 모습으로 살기 때문에 그럴 수도 있지만, 자신이 너무 한심스럽게 여겨질 때가 많아."

공주가 한숨을 쉬며 고개를 숙였다.

권력을 잡으려는 우주공주가 꽃의 여왕을 괴롭혀 고통스러운 시간을 보냈지만, 수는 공주가 불행한 삶을 살았다는 생각이 들지 않았다. 공주를 사랑하고 공주를 위해 기꺼이 목숨까지 바치려는 꽃의 여왕이 곁에 있으니까.

　깊은 상처를 입고 과거의 거울을 찾으러 지구에 온 거울나라 막내 공주. 수는 공주를 오래전부터 알고 지낸 친구라고 생각되었다. 왜 그런 생각이 드는지 알게 되었다. 수는 어머니에게 거울을 받고 나서 미지의 세계로 여행하는 꿈을 꾸곤 했다. 꿈속에서 소녀를 만나 대화를 나누었다. 꿈속의 소녀가 바로 공주였다.

아내가 눈물을
흘리고 있었다

    공주가 비행접시 안에서 잠을 자겠다고 했다. 수는 공주가 지구의 어린 소녀라는 생각이 들었다. 소녀가 캄캄한 밤에 혼자 험한 산길을 걸을 수 없다. 누군가 옆에서 그녀를 지켜주고 도와주어야 한다. 수는 산기슭에 이르러 공주 손을 잡고 천천히 산길을 올라갔다. 누렁이가 앞장서서 산길을 올라갔다. 누렁이는 수가 어디로 가는지 알고 있는 것 같았다.

    동굴 속에서 푸른빛이 흘러나오고 있었다. 비행접시가 먼 곳으로 곧 떠날 듯이 위아래로 움직이며 윙윙거렸다.

    "이걸 타고 여기까지 왔군."

    수가 비행접시 안을 들여다보며 말했다.

    상상할 수 없을 정도로 뛰어난 비행접시였다. 비행접시 내부 벽에 수많은 은하수가 흐르고 별들이 반짝였다. 우주 밤하늘을 축소해 놓은 것 같았다.

    "지구는 어디쯤에 있어?"

"저어기."

공주가 검지손가락으로 모래알처럼 작은 별 하나를 가리켰다.

"정말 대단한 비행접시네!"

수는 우주 밤하늘을 보며 감탄하지 않을 수 없었다.

"동굴 속에 들어오느라고 작아졌어."

"어느 정도 크기의 비행접시야?"

"사방 오십 미터 정도의 비행접시야."

"큰 비행접시가 이렇게 작아지다니 정말 놀랍군."

"거울나라에는 세 종류의 비행기가 있어. 일정한 속도를 낼 수 있는 비행기가 있고, 우주 곳곳으로 오갈 수 있는 비행접시가 있고, 마음으로 운전하며 커지거나 작아지는 비행접시가 있어. 이건 마음으로 운전하는 비행접시야. 우주에서 마음으로 운전하는 비행접시를 개발한 나라는 별로 없어."

"와, 볼수록 대단하군."

"비행접시에 타고 싶으면 타도 괜찮아."

"언젠가 기회가 되면 탈 수 있겠지."

"낼부터 바빠질 것 같아. 지구에 떨어진 거울을 찾으러 다녀야 하니까."

"편히 쉬어."

수는 공주에게 손을 흔들고 동굴 밖으로 나왔다.

수는 집에 도착해 마루에 앉아 앞산을 바라보았다. 이지러진 초승달이 산마루에 걸려 꾸벅꾸벅 졸고 있었다. 어디로 무슨 신호를 보내는지 동굴 주위가 잠시 환해졌다가 어둠 속에 잠겼다.

수는 장롱에서 과거의 거울을 꺼냈다.

수는 지친 표정을 짓고 있었다. 아버지가 도박에 빠져 빚더미에 올라앉았다. 집과 땅이 경매로 팔렸다. 세 평 남짓한 사글셋방으로 이사했다. 어머니와 세 여동생이 사글셋방에서 다리를 펴지도 못한 채 몸을 구부리고 잠을 잤다. 수는 좁은 부엌에서 웅크리고 잠을 잤다. 수는 공부를 그다지 잘하지 못했다. 여동생들이 공부를 잘했다. 어머니가 수에게 여동생들을 가르치자고 눈물을 흘리며 말했다. 수는 중학교를 졸업하고 가족을 위해 돈을 벌어야만 했다.

수는 아내를 만나 신혼살림을 시작했다. 둘째와 셋째 여동생은 대학생이 되었다. 막내는 고등학생이었다. 수가 동생들에게 학비와 용돈을 주면 아내는 화를 벌컥 냈다. 도대체 여동생들이 무엇이기에 힘들게 일을 해서 아낌없이 다 주느냐고 소리를 질렀다.

신혼 생활 몇 달 만에 아내가 본색을 드러냈다. 술을 많이 마셨고, 걸핏하면 짜증을 부렸다. 술에 취해 살림살이를 마구 부수기까지 했다. 술을 마시면 때로는 밖에 나가 소식도 없이 돌아오지 않았다. 이웃 사람들이 수에게 그런 여자와 어떻게 사는지 모르겠다며 혀를 끌끌 찼다. 수는 세상에서 그녀를 가장 사랑했다.

할아버지는 외아들이 재산을 탕진하자 몹시 걱정했다. 할아버지가 수에게 도시 변두리 논밭을 물려주었다. 아버지가 사업 자금을 마련하기 위해 그 땅을 팔아먹으려고 했다. 할아버지 마음이 담긴 선물이라 생각되어 땅을 팔지 않았다.

인구가 늘어나며 도시 규모가 팽창했다. 땅값이 올랐다. 아내가 좁은 방에서 살기 힘들다고 불평을 늘어놓았다. 수는 동생들이 대학을 졸업하고 직장을 잡자 땅을 팔아 아파트를 매수했다. 나머지 돈을 통장에 넣고 매달 이자를 받았다. 몇 년 후에 아파트 가격이 급등했다. 아파트를 매도했다.

　아내가 돌변했다. 술을 마시지 않았다. 사나흘 소식도 없이 어디에 갔다 집으로 돌아오는 짓을 하지 않았다. 아내가 집 근처 미용실에 근무하며 알뜰하게 살림했다. 아내가 아파트를 매도한 돈과 통장 돈으로 건물을 매입하고 미용실을 개업하겠다고 했다. 때마침 수익성이 좋은 건물이 매물로 나왔다. 수는 건물 주인을 만나 건물값을 흥정하고 계약 날짜를 잡았다. 그 와중에 아내가 통장 돈을 몽땅 인출해 어디로 사라졌다.

　과거의 거울 속에서 아내가 눈물을 흘리고 있었다. 수를 감쪽같이 속이고 결혼한 아내는 하루도 마음 편한 날이 없었을 것이다. 아내가 첫사랑 남자와 함께 수에게 상처를 입혔지만, 결국 아내도 큰 상처를 입고 말았다. 이제 수는 거울 속의 아내를 보며 분노하지 않았다. 오히려 아내를 불쌍히 여겼다. 수는 아내가 누구보다 불쌍한 여자라는 생각이 들었다.

기쁨의 거울

 공주가 가장 먼저 찾아간 곳은 기쁨의 거울을 보고 있는 어느 여자 방이었다. 여자는 사업을 하는 남자를 만나 결혼했다. 남자가 사무실 여직원에게 온통 마음을 빼앗겼다. 사업 핑계를 대고 밤늦게 집에 들어오는 날이 잦았다. 여자는 남자 외도로 신경이 날카로워 사소한 일에도 짜증을 냈다. 여동생이 여자를 데리고 병원에 갔다. 의사가 여자에게 약을 처방해 주었다. 수면제가 들어간 약을 먹으면 몸이 축 늘어지고 눈빛이 게슴츠레하며 졸음이 몰려왔다.

 골동품을 수집하는 것이 여자 취미였다. 어느 날 골동품 가게에서 손잡이에 이상한 문양과 문자가 새겨진 거울을 구입했다. 여자는 거울을 보고 기분이 좋아졌다. 순진하고 명랑했던 소녀 시절로 돌아간 느낌이었다. 거울을 보면 자신도 모르게 웃음을 터뜨렸다. 신비하기 그지없는 거울이었다. 여자는 더 이상 약을 먹지 않았다.

 처음에는 거울을 볼 때마다 웃었다. 나중에는 거울을 보지 않아도 웃었다. 남자가 밤늦게 술에 취해 집에 들어와도 웃었다. 외박을 하고 집에 들어오지 않아도 짜증을 내지 않았다. 아들이 여자 친구와 헤어지고 홧김에 동네 건달과 싸워 코뼈가 부러졌다. 여자는 아들 코를 보고 웃었다. 딸이 집 앞에서 자전거와 부딪혀 넘어지며 손목이 부러졌다. 여자는 퉁퉁 부은 딸의 손목을 보고 웃었다.

아들과 딸이 여자 정신을 의심했다. 남자도 여자 정신을 의심했다. 남자는 명문대 출신이라서 자존심이 강했다. 동네 사람들이 여자에게 미친 여자라고 손가락질하는 것을 도저히 참을 수 없었다. 남자가 여자에게 이혼을 요구했다. 여자는 그 말을 듣고 배를 움켜쥐고 깔깔대었다.

여자는 일을 하지 않고 거울만 보며 살았다. 돈이 떨어져 사글셋방으로 이사했다. 사글셋방에 살고 있는 여자 방에서 웃음소리가 끊이지 않았다. 동네 사람들이 웃음소리를 듣고 사글셋방을 구경하러 왔다. 여자가 혼자 방에 앉아 거울을 보며 실없이 웃었다. 동네 사람들이 여자를 정신 나간 사람으로 취급했다.

사글셋방에 앉아 밤낮 거울만 보고 있으면 굶어 죽고 말 것이다. 사흘 동안 쫄쫄 굶고 나서 식당 일을 시작했다. 여자는 식당에서 설거지를 하며 누가 무슨 말을 하면 허파에 바람 든 듯이 웃었다. 한창 바쁜 점심시간에 너무 웃어 식당 주인에게 핀잔을 듣곤 했다.

공주가 방문을 두드렸다. 여자가 방문을 열고 공주를 보자 웃음을 터뜨렸다.

"거울을 찾으러 왔어."

"거울?"

"그대가 보고 있는 거울은 지구에서 만든 것이 아니야."

"지구에서 만든 것이 아니면 어디서 만들었어?"

여자가 입을 크게 벌리고 웃었다.

"거울나라에서 만든 기쁨의 거울이야. 그 거울을 보면 아무리 슬픈 일이 있어도 웃을 수 있지. 너무 자주 보면 생활이 엉망으로 되고 말지. 그대는 기쁨의 거울만 봐서 인생의 슬픔과 고통과 눈물 흘리는 법을 잊어버렸어. 기쁨의 거울만 보고 있으면 결국 불행해질 것이오."

"웃겨 죽겠어."

여자가 웃었다.

"이 거울을 보시오."

공주가 여자에게 현재의 거울을 보여 주었다.

여자가 현재의 거울을 보더니 심각한 표정을 지었다. 현재의 거울 속 여자는 가난했고, 자식들과 헤어졌고, 이혼했다. 여자는 결코 젊은 나이가 아니었다. 누구도 여자를 도와주지 않았다. 여자는 몸을 가꾸지 않았다. 남자들이 여자에게 매력을 못 느껴 사귀려고 하지 않았다. 여자는 현재의 거울을 보며 자신의 실상을 깨닫고 몸을 부들부들 떨었다.

"거울을 내게 주시오."

공주가 손을 내밀었다.

여자가 입술을 잘근잘근 깨물며 무슨 생각에 잠겼다. 여자가 아쉬운 표정을 지으며 공주에게 기쁨의 거울을 주었다.

공주는 여자에게 현재의 거울을 주고 갈까 하다가 그만두었다. 현재의 거울을 보면 고통스럽고 비참한 현재의 모습만 보여 절망할지 모른다. 내일 죽음의 강을 건넌다 해도 오늘 한 그루 과일나무를 심겠다는 정신으로 살아야 한다.

"아직 늦지 않았어. 열심히 일을 하면 생활이 나아질 것이고, 운동하며 몸을 가꾸면 멋진 남자가 그대를 좋아하게 되겠지. 용기를 내어 살아가시오."

공주가 여자 등을 토닥토닥 두드려 주었다.

여자는 오늘 일을 하지 않으면 내일 굶어야 할 정도로 가난했다. 공주는 가난한 여자의 앞날을 생각하자 마음이 편치 않았다.

"이걸 팔아 무슨 장사라도 하며 살아가시오."

공주가 손가방에서 달걀 모양의 황금을 꺼내 여자에게 주었다.

공주가 기쁨의 거울을 보았다.

마음이 설레고 기분이 좋아졌다. 모든 근심이 싹 사라지고 구름 위에 둥둥 떠 있는 느낌이었다. 꽃의 여왕에 대한 근심이 사라졌다. 과거의 거울을 갖고 거울나라로 돌아가야 한다는 생각이 사라졌다. 과거의 아픔도 사라졌다. 통증이 심할 때 잠시 진통제가 필요하듯 기쁨의 거울은 그런 역할을 했다. 기쁨의 거울을 자주 보면 인생의 슬픔과 근심과 고통을 잊을 뿐만 아니라 무엇을 하려고 들지 않을 것이다. 공주는 기쁨의 거울을 보며 기억에서 깨끗이 지우고 싶을 정도로 극심했던 고통과 슬픔도 삶의 소중한 일부분이라는 걸 깨달았다.

욕망의 거울

　너무 가난해서 세상에 태어난 것을 저주한 여자가 있었다. 가난한 집안에 태어나 학교를 제대로 다니지 못했다. 번듯한 직장을 잡지 못해 더럽고 위험한 일을 하는 공장과 여러 직종을 전전했다. 친구 소개로 남자를 만나 사귀었다. 가난한 남자와 결혼해 가난하게 살았다. 한 번도 부유하게 산 적이 없었다. 가난에 짓눌려 웃음을 잃었다. 가난하게 사느니 차라리 죽는 게 좋겠다는 절망적인 생각을 수없이 했을 정도였다.

　남자는 건설 하청업자로 일을 하다 적잖은 빚을 지고 있었다. 매달 빚을 갚느라고 생활이 쪼들렸다. 여자는 식당에서 설거지를 했다. 식당 일을 마치고 종이 박스를 모아 손수레에 싣고 고물상에 갖고 갔다. 고급스러운 거울이 컨테이너 사무실 옆에 떨어져 있었다. 여자가 고물상 주인에게 거울 값을 물어보았다. 고물상 주인이 거울을 대단하게 생각하지 않고 여자에게 거저 주었다.

　여자는 자신이 근무하는 식당 건물의 주인이 되면 당장 죽어도 여한이 없을 것 같았다. 거울을 보면 그런 생각이 들었다. 돈이 돈을 버는 세상이다. 가난한 여자가 무슨 방법으로 건물 주인이 된단 말인가. 여자는 엉뚱한 생각을 하는 자신이 너무 한심스러워 고개를 절레절레 저었다.

건물 주인이 여러 가지 사업을 벌여 놓고 부도를 냈다. 건물이 경매로 넘어가게 되었다. 여자는 거울을 자주 보았다. 거울을 보면 자신도 모르게 식당 건물의 주인이 되고 싶은 욕망에 사로잡혔다. 뜻밖에도 좋은 일이 일어났다. 자식도 없이 혼자 살아온 삼촌이 죽기 전에 여자에게 재산을 물려주었다. 여자는 거울을 보며 생각한 대로 식당 건물을 매입했다. 남자가 용역사무실을 차리겠다고 했다. 남자가 건물 이층에서 용역사무실을 운영했다. 여자는 식당 주인이 되었다.

첫사랑 오빠가 여자 건물 근처에 살고 있었다. 오빠는 아내와 함께 야채 가게를 운영했다. 여자는 오빠가 혼자 살면 좋겠다고 생각하며 살며시 미소를 지었다. 거울을 볼 때마다 그런 생각이 들었다. 눈이 내리는 날, 오빠의 아내가 교통사고로 죽었다. 문득 무서운 사실을 깨달았다. 거울을 보며 무엇을 간절히 바라면 그대로 이루어졌다. 여자가 남편에게 신비로운 거울에 대해 말해 주었다. 귀신 씻나락 까먹는 소리라며 여자 말을 귀담아듣지 않았다.

남자는 술에 취하면 난폭해지는 나쁜 습관이 있었다. 용역사무실 일꾼들과 술을 마시고 밤늦게 집에 와서 주먹으로 욕실 거울을 와장창 깨뜨렸다. 아침 일찍 잠자리에서 일어나 면도를 하려다가 거울이 깨진 것을 보고 아내 거울을 보았다. 거울을 보자 불현듯이 용역사무실보다 더 큰 사업을 하고 싶은 생각이 들었다. 건설업을 하면 크게 성공할 것 같았다.

여자가 남자에게 마음속 소원을 생각하며 거울을 보라고 했다. 남자가 아침저녁으로 거울을 보며 건물을 짓는 생각을 했다. 원룸 건물을 짓는 공사를 맡게 되었다. 공사를 끝내자 그보다 큰 공사를 맡게 되었다. 건설업이 번창하여 큰 건물을 짓게 되었다. 토목 공사까지 맡았다. 건설회사 사장이 되고 싶었다. 몇 년 후에 남자는 건설회사 사장이 되었다.

어느 날 남자는 거울을 보며 무엇을 간절히 원하면 그대로 이루어진다는 것을 깨달았다. 사무실 책상 위에 거울을 놓고 시간이 날 때마다 자주 보았다. 건설회사 이외에도 여러 가지 사업을 하고 싶었다. 레미콘과 폐기물 처리 사업을 시작했다.

일 년 내내 일에 매달려 하루도 쉬지 않았다. 비바람이 몰아치는 날, 남자가 공장 직원들에게 호통치다 쓰러지고 말았다. 의사가 남자에게 과로해서 쓰러진 것이니 일을 멈추고 푹 쉬라고 했다. 남자는 병실 침대에 누워 쉬지 않았다. 거울을 보며 돈을 많이 벌 수 있는 여러 가지 사업을 구상했다.

간호사가 병실 문을 열었다. 공주가 간호사를 따라 병실로 들어왔다.
"언제쯤 퇴원할 수 있겠소?"
남자가 물었다.
"담당 의사 선생님에게 말씀해 보세요."
간호사가 대답했다.
"할 일이 산더미 같은데, 병원에 한가하게 누워 거울만 보고 있으니 정말 답답하군. 아픈 곳도 없는 것 같으니 내일 퇴원할 생각이오."

남자가 거울을 머리맡에 놓고 말했다.

간호사가 남자에게 주사를 놓고 밖으로 나갔다. 그제야 남자가 공주를 보았다.

"학생은 누굴 찾으러 왔어?"

"거울을 찾으러 왔어."

"거울을 찾으러 오다니?"

"그대가 보고 있는 거울은 욕망의 거울이야. 그대는 돈을 많이 벌었지만, 거대한 욕망의 산에 깔려 버리고 말았어. 이 땅의 삶을 마치고 먼 곳으로 떠날 때가 되었으니 마음을 비우고 모든 걸 내려놓으시오."

"이상한 어린이군."

"난 지구 어린이가 아니라 거울나라 공주야."

"거울나라가 어디에 있어?"

남자가 여자에게 물었다.

여자는 공주가 보통 사람이 아니라는 생각이 들었다. 겉으로 보기에는 어린 소녀이지만, 어딘지 모르게 범접할 수 없는 위엄과 강한 힘을 지닌 듯이 느껴졌다. 여자는 공주 말이 옳다고 생각했다.

"가난하던 시절에 비하면 상상할 수 없을 정도로 많은 재산을 모았잖아요. 이제 거울을 그만 봅시다."

여자가 말했다.

"거울을 보면 좋은 아이디어가 떠올라서 사업을 시작했고, 모두 성공했어. 거울을 그만 보면 어쩌자는 거야?"

"건강도 생각해야죠."

"쓸데없는 소리 그만해."

남자가 버럭 소리를 지르다 눈을 치뜨고 가슴을 움켜잡았다. 의사와 간호사들이 병실로 달려왔다. 남자는 숨을 거두었다.

여자는 남자 죽음을 슬퍼하면서도 공주에게 거울을 주었다. 공주가 여자에게 무엇을 갖고 싶은지 물었다. 여자가 잠시 무슨 생각을 하는 표정을 짓더니 갖고 싶은 것이 없다고 대답했다.

죽고 싶을 정도로 가난하던 시절에는 부자가 되면 더 이상 바랄 것이 없다고 생각했다. 종이 박스를 모아 고물상에 팔던 여자가 기업 사장의 아내가 되었지만, 가난하던 시절보다 행복하지 않았다. 부자가 되어 살아 보니 돈이 인생의 다가 아님을 알게 되었다. 거울을 본 뒤부터 남자가 사랑한 것은 가족이 아니라 재물과 끝없는 욕망이었다.

공주가 욕망의 거울을 보았다.

공주는 일찍 엄마를 잃고 꽃의 여왕을 의지하며 살았다. 꽃의 여왕과 함께 오래오래 행복하게 살고 싶은 것이 공주의 꿈이며 욕망이었다. 욕망대로 살려면 권력을 잡아야 한다. 거울나라 왕이 되려면 목숨을 걸고 우주공주 측근들과 싸워야 한다. 그들은 우주공주를 왕으로 만들기 위해 오래전부터 치밀하게 계획하고 준비했다. 과연 공주가 그들을 이길 수 있을까? 아무리 해도 승산 없는 부질없는 짓이다. 거울나라 왕이 되는 걸 포기하고 꽃의 여왕과 함께 살려면 굴욕적인 협상을 벌여야 한다. 그렇게 살면 행복할까? 꽃의 여왕이 기뻐할까? 우주공주는 꽃의 여왕을 미워했다. 아니, 증오했다. 우주공주가 왕이 되면 꽃의 여왕을 더욱 못살게 괴롭힐 것이다. 꽃의 여왕 뿌리를 뽑아 불태워 없앨지도 모른다. 공주는 욕망의 거울을 보며 욕망대로 살면 결코 안 된다는 걸 다시금 깨달았다.

2부

내가 괴물이 된 줄은
상상도 못 했어

 고지대 산속은 가을이 되면 일교차가 심했다. 여름내 뜨거운 햇살을 받으며 무성했던 나뭇잎이 울긋불긋 물들었다. 소슬바람이 불었다. 달 밝은 새벽에 된서리가 내렸다. 나뭇잎이 흩날리며 우수수 떨어졌다. 나이테가 늘어난 만큼 나무줄기가 굵어지고 높이 자랐다. 수는 집 근처 나무들을 살펴보며 흐뭇한 표정을 지었다.
 오전에 집 주변 텃밭에서 흰콩과 서리태를 뽑아 단으로 묶어 빗물이 새지 않도록 차곡차곡 쌓아 놓았다. 나중에 틈날 때에 도리깨로 콩을 털면 된다. 수는 직접 메주를 쑤어 장과 간장을 담근다. 쌀과 소금과 장과 간장만 있으면 산골에서 사는 데에 큰 어려움이 없었다.
 수는 점심을 먹고 배낭을 메고 뒷산으로 올라갔다. 장뇌삼을 캐어 배낭 가득 담아 계곡으로 내려왔다. 계곡 바위에서 습기를 머금은 이끼를 뜯었다.
 요즘 수는 무엇을 하든 공주를 생각했다. 공주는 과거의 거울을 갖고 거울나라로 돌아가고 싶지 않다고 했다. 사랑해서, 좋아해서, 미안

해서 거울나라로 돌아가고 싶지 않은 것이리라. 공주의 형편과 슬픔을 생각하면 가슴이 아렸다.

수는 집에 도착해 마루에 배낭을 내려놓고 장뇌삼을 꺼냈다. 수는 이끼로 장뇌삼을 감싸고 공주를 만나러 개울로 갔다.

개울가 너럭바위에 공주가 앉아 있었다. 공주가 고개를 숙이고 심각한 표정으로 물거울을 보았다. 놀랍게도 물거울에 공주의 내면 상태가 적나라하게 드러났다. 공주 몸에 가시가 잔뜩 돋아 있었다. 가시에 무기가 주렁주렁 달려 있었다.

"눈동자만 빼고 온몸에 고슴도치처럼 가시가 돋아 있어."

공주가 주먹을 불끈 쥐고 말했다.

"몸과 마음을 보호하기 위해 가시가 돋은 모양이군."

수가 말했다.

"그런 이유로 가시가 돋은 것이 아니야."

공주가 고개를 저었다.

"그럼 뭐 땜에 가시가 돋았어?"

"꽃의 여왕 줄기와 잎에 돋은 가시는 자신을 방어하기 위한 것이야. 내 몸의 가시는 나를 죽이려는 언니를 미워해서 돋은 저주의 가시야."

공주가 물거울을 보며 몸을 떨었다.

우주공주 측근들이 영생의 거울을 본 꽃의 여왕 뿌리를 뽑아 없애려고 했다. 거울나라 왕이 꽃의 여왕을 죽이지 못하게 했다. 측근들이 머리를 맞대고 대책을 모의했다. 우주공주를 왕의 후계자로 추대하려면 공주를 해외로 추방하거나 없애야 한다. 측근들이 자객을 고용해 쥐도 새도 모르게 공주를 죽이기로 결정했다. 우주공주가 그들의 계획을 반대하지 않았다.

낮말은 새가 듣고 밤말은 쥐가 듣는다. 공주를 살린 것은 어두운 곳으로 다니는 쥐였다. 쥐가 측근들이 모의하는 것을 엿들었다. 쥐가 올빼미에게 측근들의 계획을 알렸다. 올빼미가 군대장관에게 그들의 계획을 말해 주었다. 군대장관이 비밀리에 호위무사를 붙여 공주를 지켰다.

자객이 공주를 납치해 살해하려다 붙잡혔다. 자객이 고문을 당하면서도 입을 꽉 다물었다. 우주공주 측근들이 몸값이 비싼 자객을 고용해 고문 당하는 자객을 살해했다.

공주는 권력에 눈먼 우주공주 동생이라는 것이 너무 슬펐다. 생각할수록 화가 났다. 미움과 분노의 불길이 세차게 타올랐다. 공주는 우주공주와 측근들을 보면 주먹을 쥐고 화를 참느라고 몸을 부르르 떨었다. 마음속으로 미움과 분노의 불길을 그들에게 마구 쏟아부었다. 그럴 때마다 마음속에 칼과 검, 낫과 망치, 권총과 기관총, 폭탄과 핵폭탄이 주렁주렁 달릴 줄은 꿈에도 생각지 못한 일이었다.

"언니가 날 죽이려고 했을 때부터 무서운 괴물이 되었어. 내가 괴물이 된 줄은 상상도 못 했어."

공주가 주먹으로 가슴을 쿵쿵 쳤다.

수는 공주에게 어떤 위로의 말도 건넬 수 없었다.

붉은 눈물을
흘리는 공주

공주가 다섯 살 적에 엄마가 돌아가셨다. 공주는 엄마 대신 꽃의 여왕에게 우정과 사랑을 배웠다. 그런 공주와 달리 우주공주는 성장할수록 남자 같은 성격을 드러냈다. 말을 타고 활 쏘는 것을 좋아했다. 어깨에 장총을 메고 산을 오르내리며 사냥하고, 동물을 사로잡아 괴롭히는 것을 좋아했다. 식물과 대화를 나누는 걸 바보 같은 짓이라며 우습게 여겼다.

우주공주가 권력을 탐하는 자들과 가까이 지내며 공주를 멀리했다. 꽃의 여왕을 미워했다. 우주공주가 회초리로 꽃의 여왕을 후려치면 공주 몸에 회초리를 맞은 듯이 느껴졌다. 꽃의 여왕 줄기와 잎에 뜨거운 물을 부으면 공주 몸에 뜨거운 물이 닿은 듯이 느껴졌다. 우주공주가 꽃의 여왕을 괴롭히는 것은 공주를 괴롭히는 것이나 다름없었다.

공주는 화가 나서 참기 힘들 때마다 주먹을 불끈 쥐고 왕에게 하소연했다. 왕이 공주에게 참지 않으면 불행한 일을 겪을 뿐만 아니라 거울나라가 큰 혼란에 빠지게 될 거라고 말해 주었다. 왕의 말대로 참고

또 참았다. 공주는 우주공주가 자신의 행위를 반성하기 기다리며 참은 것이 아니었다. 마음속에 미움과 분노가 가득한 채 이를 악물고 가까스로 참았을 뿐이었다.

우주공주가 회초리로 꽃의 여왕을 때리면 공주도 마음속 회초리로 우주공주를 때렸다. 우주공주가 칼로 꽃의 여왕 줄기와 꽃잎을 찌르면 공주도 마음속 칼로 우주공주를 찔렀다. 우주공주가 뜨거운 물로 꽃의 여왕을 괴롭히면 공주도 펄펄 끓는 분노의 용암을 우주공주 머리와 몸에 쏟아부었다. 우주공주가 꽃의 여왕을 괴롭힐수록 공주는 흉측한 괴물이 되었다.

"권력이 무엇이라고 하나밖에 없는 동생과 꽃의 여왕을 죽이려고 하다니."

공주가 물거울을 보며 말했다.

"언니는 꽃의 여왕이 칼과 회초리와 뜨거운 물에 죽지 않는 신비로운 식물인 것을 전혀 모르고 있었어. 맑고 아름다운 것을 추구한 거울 나라 초대 왕이 꽃의 여왕을 가장 사랑할 만큼 대단한 식물인 것을 모르고 있었어. 꽃의 여왕을 괴롭힌 만큼 언니 마음에 똑같은 상처를 만든 것을 전혀 모르고 있었어. 언니를 미워한 만큼 내 마음에 상처를 받았듯이."

공주가 눈물을 흘리기 시작했다. 피가 섞인 붉은 눈물이었다.

"눈물이 나오고 있어!"

공주가 큰 목소리로 말했다.

눈물이 물거울에 떨어져 붉게 물들었다. 돌 틈에 숨어 있던 버들치가 밖으로 나와 지느러미를 조심스레 움직이며 공주를 쳐다보았다.

이튿날부터 공주는 이른 아침 개울가에 앉아 해가 질 무렵까지 물거울을 보며 눈물을 흘렸다. 시간이 지날수록 하염없이 흐르는 눈물 색깔이 맑아졌다. 비가 내리는 날에도 우산을 쓰고 물거울을 보았다. 어떤 날은 휘영청 달 밝은 밤에 눈빛을 반짝이며 개울가에 우두커니 앉아 있었다. 잠을 자지 않고 밤새도록 개울가에 앉아 있기도 했다. 수는 안타까운 마음으로 공주를 가만히 지켜보았다.

보석을 알아보는 사람에게만 보석이 될 수 있어

　수는 배낭에 장뇌삼을 가득 넣고 아랫마을로 향했다. 공주가 읍내 장터를 구경하고 갈아입을 옷을 사겠다며 수를 따라왔다. 동굴 입구에서 처음 보았을 때와 똑같은 옷을 입고 있었다.
　수는 아랫마을 마을회관 공터에 차를 주차해 놓곤 했다. 한 달 전에 고장이 난 차를 없애고 픽업트럭을 주문했다.
　"자동차는 어디 있어?"
　"차를 주문해 놓았는데, 아직 나오지 않았어."
　"어떻게 읍내에 갈 수 있어?"
　"택시를 부를까? 아니면 버스를 타고 읍내에 갈까?"
　"버스를 타고 싶어."
　공주가 정류장에 붙여 놓은 버스 시간표를 보았다.
　버스를 기다리는 동안 마을 사람들이 수에게 예쁜 딸을 언제 낳아 키웠냐고 물었다. 수가 말없이 웃었다.
　"사람들은 겉모양만 볼 뿐 내면을 보지 못하네."

"마음의 눈이 가려져서 그런 거겠지."

"내가 외계인이라는 걸 알아보는 사람이 한 명이라도 있을까?"

공주가 마을 사람들을 보며 말했다.

마을회관 앞에 버스가 도착했다. 공주는 버스 좌석에 앉아 스쳐 지나가는 시골 풍경을 바라보았다.

"버스는 느려. 느린 것이 더 좋다는 생각도 들었어. 천천히 가는 것에 앉아 있으니까 산과 들과 집을 보고 이것저것 생각할 수 있잖아. 거울나라 비행접시는 너무 빨라 생각할 겨를이 없어."

공주가 말했다.

공주가 피곤한지 하품을 했다. 눈을 감고 수의 어깨로 머리를 기울였다. 지구에 와서 근심으로 잠을 푹 자지 못한 것 같았다. 버스가 읍내 터미널에 도착할 때까지 새근새근 잠들었다.

"다 왔어."

수가 공주 팔을 흔들어 깨웠다.

"어디야?"

"읍내에 도착했어."

수는 배낭을 메고 버스에서 내렸다.

"이상한 것을 경험했어. 꿈을 꾸었어."

"꿈꾼 것이 이상한 경험이야?"

"거울나라에선 꿈을 꾸지 않아."

"지구 사람들은 잠자며 꿈을 꿔."

"꿈속에서 꽃의 여왕을 만났어. 꽃의 여왕이 아름다운 모습으로 나를 보며 방긋방긋 웃었어. 꽃이 피었고, 얼마 후에 꽃잎이 떨어지며 꽃의 여왕이 죽었어. 죽기 전에 꽃의 여왕이 죽어야만 다시 나를 만날 수 있다고 말했어."

"꽃의 여왕이 공주를 간절히 기다리고 있는 모양이군."

"아직도 난 꽃의 여왕과 헤어질 자신이 없어."

"꽃의 여왕은 과거의 거울을 보고 죽는 것이 자연의 이치라는 것을 알고 있어. 그래야만 자신을 대신해서 뿌리에서 새로운 싹이 돋아나겠지. 새로 돋아난 싹은 꽃의 여왕 분신이야. 그러므로 공주는 꽃의 여왕과 헤어지는 것이 아니지."

"나도 그런 것쯤은 알고 있어."

공주가 퉁명스럽게 말했다.

"알고 있는데, 헤어지는 것이 쉽지 않아. 고통만 당했잖아. 눈물만 흘렸잖아. 과거의 거울을 보면 고작 며칠 정도 꽃이 핀 상태로 살다 죽게 되겠지. 만약 수가 내 입장이라면 쉽게 거울나라로 돌아갈 수 있어?"

"쉽게 돌아갈 수 없어."

"그 생각만 하면 엉엉 울고 싶어져."

공주가 걸음을 멈추고 하늘을 바라보았다. 와락 울음을 터뜨릴 듯이 눈에 눈물이 그렁그렁했다.

사촌누나가 약초건재상 앞에서 수를 기다리고 있었다. 두 달 전에 사촌누나는 약초를 달여 파는 건강원을 차렸다. 약초건재상과 건강원을 운영하느라 바쁜 탓에 얼굴이 핼쑥했다.

사촌누나 눈이 휘둥그레졌다. 눈빛이 파란 소녀, 머리카락이 파란 소녀가 수와 함께 왔으니 놀라지 않을 수 없었다.

"누구야?"

"외국에서 살다 아랫마을 외할머니 집에 온 소녀야. 시골에서 지내는 것이 답답하다며 날 따라왔어."

"누구 손녀인지 모르겠네."

사촌누나가 고개를 갸우뚱했다.

"만나서 반가워."

공주가 악수를 청했다.

"우리말을 할 줄을 아네. 올해 몇 살이야?"

"이백구십구 살이야."

"외계인이야? 어려 보이는데 무슨 나이가 그렇게 많아?"

"난 외계인이야."

공주가 손바닥으로 입을 가리고 웃었다.

수는 배낭을 열어 사촌누나에게 장뇌삼을 보여 주었다. 사촌누나가 배낭을 가게 안으로 들여놓고 공주에 대해 자세히 물었다. 수는 물건을 사러 갔다 오겠다며 사촌누나를 피해 달아나듯 장터로 갔다.

장터에는 시골 할머니들과 외지에서 온 상인들로 북적거렸다. 공주가 고들빼기와 누런 맷돌 호박과 단호박을 앞에 놓고 앉아 있는 할머니를 유심히 살폈다. 눈부신 가을 햇살이 주름지고 검버섯이 핀 얼굴에 내려앉고 있었다. 할머니가 뚱뚱한 아줌마와 대화를 나누다 손바닥으로 입을 가리며 콜록콜록 기침을 했다.

"검버섯이 핀 저 여자는 사흘 뒤에 죽어."

공주가 낮은 목소리로 말했다.

"정말이야?"

"거울나라 사람들은 자신이 언제 죽을지 날짜까지 알고 있어. 지구 사람들은 그런 것을 모른 채 살고 있어. 내가 꽃의 여왕 죽음을 모르고 있으면 과거의 거울을 갖고 벌써 거울나라로 돌아갔겠지. 꽃의 여왕이 언제 죽을지 알기 때문에 거울나라로 쉽게 돌아가지 못하고 있어. 언제 죽을지 알고 있는 거울나라 사람들보다 지구 사람들이 더 행복한 것을 알게 되었어."

"내일 일을 모르는 것이 더 행복할지도 몰라."

수가 고개를 끄덕이며 말했다.

"소소한 푼돈을 벌기 위해 장터에 앉아 있는 할머니들이 행복한 표정을 짓고 있군. 나도 물건을 하나 팔아 볼까."

"공주가 팔 것이 있어?"

"황금."

"황금을 어떻게 팔아?"

"황금을 앞에 놓고 누구에게 팔 수 있잖아."

"지구에서 황금이 얼마나 비싼 건지 모르지 않겠지."

"아무리 비싼 물건도 순수한 마음보다 소중하지 않지."

공주가 도라지와 밤을 앞에 놓고 앉아 있는 할머니 옆에 쪼그려 앉았다.

"아가씨, 쪼그려 앉으면 다리가 아파."

할머니가 스티로폼 방석을 공주에게 주었다.

공주가 스티로폼 방석에 앉았다. 공주가 손가방에서 달걀 모양의 황금을 꺼내 앞에 놓았다.

"이게 뭐야?"

"그대 손가락에 낀 금반지와 같은 것으로 만든 물건이야."

공주가 대답했다.

"그대라고 하면 얼굴을 붉히며 화를 낼 수도 있어. 할머니라고 해야 돼."

수가 말했다.

"응, 그렇군."

공주가 미소를 지었다.

"조카가 외국에서 살다 와서 한국말이 서툴러 그대라고 한 거예요."

"머리카락을 보고 나도 눈치를 챘지. 한국에서 살았으면 나이 많은 할머니를 보고 그대라고 하지 않지. 미국에서 왔어?"

"북유럽 추운 나라에서 왔어요."

"그래서 머리카락도 파랗고 눈빛도 파란색이구먼. 인형처럼 너무 예쁘네."

할머니가 공주 머리를 쓰다듬어 주었다.

"누리끼리한 게 금덩어리처럼 보이네. 황금알이 팔릴까? 가짜 금으로 반시든 목걸이든 예쁘게 만들어야 잘 팔리지. 걱정이네. 외국에서 온 소녀가 장터에 앉아 있는데, 물건이 팔리지 않으면 어떡하지?"

할머니가 황금을 만져 보고 말했다.

할머니들이 공주에게 떡과 음료수를 주고 웃었다. 파란 머리의 소녀가 물건을 앞에 놓고 장터에 앉아 있는 게 재미있는 모양이었다.

사람들이 장터에서 산 물건을 들고 공주 앞을 분주히 오갔다. 사람들이 공주 앞에 놓은 황금을 보고 미소를 지을 뿐 그걸 사려고 하지 않았다. 황금이라 생각한 사람은 아무도 없었다. 삶은 달걀에 황금색을 칠한 것으로 생각했다. 황금인 줄 알았다고 해도 황금을 살 돈을 갖고 장터로 온 사람은 아무도 없었다.

공주는 황금이 팔리기를 기다렸다. 황금이 팔리지 않아도 시무룩한 표정을 짓지 않았다. 공주가 할머니들과 대화를 나누며 웃었다.

두 시간쯤 장터에 앉아 있었다. 파마머리에 검정 치마를 입은 뚱뚱한 아줌마가 공주 앞에 놓은 황금을 보고 걸음을 멈추었다.

"누리끼리한 것이 뭐야?"

"황금이야."

"얼마에 팔 건데?"

"밤하늘을 보면 수많은 별이 보이잖아. 밤하늘 어느 별에 신비한 거울을 만드는 거울나라가 있어. 거울나라에 꽃의 여왕이란 식물이 살고 있어. 거울나라에서 사람과 대화를 나눌 수 있는 유일한 식물이야. 꽃의 여왕이 불행한 일을 당해 큰 고통을 겪고 마음의 상처를 입었어. 꽃의 여왕이 더 이상 고통 받지 않도록 간절히 기도해 주겠다면 황금을 그냥 줄게."

공주가 뚱뚱한 아줌마를 쳐다보며 말했다.

"꽃의 여왕이 더 이상 슬픈 일을 당하지 않았으면 좋겠네."

뚱뚱한 아줌마가 약초를 파는 곳으로 걸음을 옮겼다.

"무슨 장사를 그렇게 해?"

"황금 암탉이 낳은 황금알이라고 해야지."

"암, 그렇게 말해야 황금알이 팔려."

할머니들이 왁자지껄 떠들고 깔깔대었다.

막차를 타고 아랫마을에 도착하면 캄캄한 밤에 산길을 걸어야 한다. 수는 사촌누나 집에서 자고 아침 일찍 첫차를 타고 갈까 하다가 그만두었다. 사촌누나가 공주에 대해 꼬치꼬치 캐물을 것이 뻔했다. 사실대로 말할 수 없고, 거짓말을 하는 것도 쉽지 않았다.

"모텔에서 자고 내일 아침 일찍 출발할까?"

"오늘 귀틀집으로 가야 돼. 내일 아침부터 할 일이 많으니까."

공주가 황금을 손가방에 넣었다.

"날이 추워 겨울옷을 입어야 돼."

수는 공주와 함께 근처 옷가게로 갔다. 공주가 몸에 맞는 겨울옷과 신발을 골랐다. 수는 겨울옷을 들고 버스정류장으로 향했다.

"황금이 팔렸으면 정말 좋았을 텐데."

공주가 버스정류장 의자에 앉아 말했다.

"보석을 알아보는 사람에게만 보석이 될 수 있어."

"수의 보석은 뭐야?"

공주가 궁금한 표정으로 물었다.

아랫마을로 가는 막차가 버스정류장에 도착했다. 수는 공주와 함께 버스에 올라 뒷좌석에 앉았다. 수는 자신의 보석이 무엇인지 생각해 보았다.

"공주가 바로 내 보석이야."

"아니, 내가 어떻게 수의 보석이 될 수 있어?"

"내 곁에 가장 가까이 있는 것이 보석이라는 생각이 들었어."

"거울나라로 떠나면 난 더 이상 수의 보석이 아니겠군."

"아니, 그렇지 않아."

"가장 가까이 있는 것이 보석이라며?"

"마음속에서 가장 가까운 것이 무엇과도 바꿀 수 없는 소중한 보석이야."

"꽃의 여왕만 생각하며 슬픔에 젖어 살았어. 그런 나를 보석으로 생각하는 사람을 만났어. 아무리 내 삶이 힘들고 고통스러워도 누군가에게 기쁨과 희망을 주며 살아야 한다는 생각이 들었어."

공주가 밝은 표정으로 말했다.

맑은 웅덩이에 살고 있는 버들치

하루가 다르게 날이 추워졌다. 계곡에 살얼음이 얼었다. 동물들이 바삐 움직이며 겨울나기를 준비했다. 청설모가 주위를 경계하며 잣을 따러 잣나무를 오르내렸다. 다람쥐는 입이 불룩하도록 밤을 물고 안전하게 여기저기 숨겨 놓을 장소를 찾았다. 오소리는 춥지 않게 겨울잠을 자기 위해 미로 같은 굴을 열심히 팠다. 산속 산개구리는 계곡으로 내려와 깊은 웅덩이로 들어갔다. 벌레는 두껍게 쌓인 낙엽과 죽은 나무 속으로 들어갔다. 머잖아 겨울바람이 쌩쌩 불고 개울물이 꽁꽁 얼어붙을 것이다.

새벽부터 차가운 비가 내리고 있었다. 날씨가 쌀쌀해지자 공주는 그전보다 열심히 물거울을 보았다. 공주가 우산을 쓰고 물거울을 보며 버들치와 대화를 나누었다.

"비가 그치면 늦가을 하늘은 더욱 푸르고, 새하얀 뭉게구름이 두둥실 어디로 흘러가겠지. 새가 되어 뭉게구름 위에 앉아 멀리멀리 가고 싶어."

날개가 말했다.

날개는 멀리 날아다니고 싶어 하는 버들치였다.

"어떻게 하면 그와 가까이 지낼 수 있을까?"

짝사랑이 말했다.

짝사랑은 잘생긴 물고기를 사랑하는 버들치였다.

잘생긴 물고기는 짝사랑을 싫어했다. 잘생긴 물고기는 사랑을 고백하며 쫓아다니는 짝사랑을 피해 돌 틈에 몰래 숨기도 했다. 짝사랑은 잘생긴 물고기를 사랑하는 것이 세상에서 가장 어려운 일이라고 생각했다.

"낮에 하늘의 별이 보이지 않는다고 해서 하늘에 별이 없는 것이 아니지."

별빛이 말했다.

별빛은 밤하늘 별을 바라보는 것을 가장 좋아하는 버들치였다.

"비행접시를 타고 날아다니면 얼마나 기분이 좋아?"

날개가 물었다.

"비행접시를 타고 온 우주를 돌아다녀도 만족할 수 없어. 잠시 기분이 좋을 뿐이지. 편히 쉴 수 있는 자기 집이 가장 좋은 곳이야. 날개 집은 맑은 물이 흐르는 웅덩이잖아. 웅덩이가 가장 살기 좋은 곳이지."

"새들은 얼마나 행복할까? 마음껏 날아다닐 수 있잖아. 세상을 실컷 구경할 수 있잖아."

"마음으로 날아다니는 연습을 하면 되잖아. 비록 웅덩이에 살고 있지만, 마음으로는 얼마든지 날아다닐 수 있어. 하늘에도 갈 수 있고, 밤하늘 별나라에도 갈 수가 있어. 마음의 날개를 달면 새보다 빨리 날아다닐 수 있어. 마음으로는 가지 못할 곳이 없고, 이루지 못할 것이 없어."

"마음이 뭐야?"

"생각하고 말하고 그리워하는 것이 마음이야."

"오늘부터 마음으로 날아다니는 연습을 할게."

날개가 물 밖으로 주둥이를 내밀었다.

"내가 못생겨서 잘생긴 물고기가 나를 싫어하는 걸까?"

짝사랑이 물었다.

"겉모습보다 마음이 아름다운 물고기가 잘생긴 것이야."

"마음이 아름다운 것은 무엇을 뜻해?"

"누굴 사랑한다는 뜻이야."

"정말이야?"

"짝사랑은 가장 빛나고 아름다운 물고기야."

"친구들이 나를 보며 놀려. 날 싫어하는 물고기를 사랑하고 있으니 바보 중의 바보라고 했어. 공주 말을 듣고 보니 계속 사랑해도 되겠네."

"누굴 사랑하지 못하는 물고기가 오히려 바보야. 난 거울나라 왕의 딸이지만, 사랑하지 못한 채 누굴 죽도록 미워해서 괴물이 되었어."

"공주 몸에 돋은 가시를 볼 때마다 가슴이 아파."

짝사랑이 지느러미를 움직이며 말했다.

"밤하늘을 바라보며 언젠가 별에서 사는 누군가를 만날 날이 올 거라고 믿었지. 물고기들이 그런 나를 보며 미쳤다고 했지. 간절히 원하면 이루어지는 것을 공주를 보고 배웠어. 괴물 같은 모습이지만, 별에서 온 공주를 만났잖아. 이야기를 나눠 보니 공주는 괴물이 아니라는 것도 알게 되었어. 웅덩이를 계속 들여다보면 원래 모습을 되찾게 될 거야."

별빛이 말했다.

"이상한 점이 발견되었어. 공주 몸에서 가시 열 개가 어디로 사라졌어."

날개가 말했다.

"정말 사라졌어?"

공주가 깜짝 놀란 표정으로 물었다.

공주는 자신의 몸에서 가시가 없어지는 것을 알 수 없었다. 워낙 많은 가시가 온몸에 빽빽이 돋아 있어 한두 개가 없어져도 모습이 바뀌는 것이 아니었다.

"어제 세 개가 없어졌고, 오늘 우리와 대화를 나누다 다섯 개가 없어졌어. 그저께부터 가시가 없어지기 시작했어. 그저께 가시 두 개가 없어졌어."

짝사랑이 말했다.

"처음엔 가시에 달린 무기들이 우릴 죽일 듯이 눈을 부릅뜨고 노려보았어. 시간이 지날수록 무기들이 좀 이상해졌어. 무기들의 눈빛이 겁먹은 것 같았고, 딱딱한 무기들이 물렁물렁해진 느낌이 들었어."

별빛이 말했다.

"그렇구나!"

공주가 웃었다.

"어휴, 귀틀집 아저씨도 처음엔 무서운 괴물이었어."

"며칠 동안 우린 돌 밖으로 나오지도 못했어."
"불을 뿜어내는 무시무시한 괴물이었어."
물고기들이 말했다.
"수도 누굴 죽도록 미워해서 괴물이 되었지."
공주가 오동나무 벌통 앞에 앉아 있는 수를 바라보며 말했다.

읍내 장터에 갔다가 막차를 타고 아랫마을에 도착해 산길을 걸어 귀틀집으로 돌아오는 동안, 공주는 수의 슬픈 이야기를 들었다.
 수는 아내가 집을 나가기 일 년 전에 교통사고를 당했다. 담벼락 옆에 차를 주차했다. 트럭이 달려와 차를 들이받았다. 죽지 않을 운명인지 다행히 큰 부상을 당하지 않았다. 트럭 운전사가 졸음운전으로 사고를 냈다고 했다. 수는 트럭 운전사가 자신을 죽이려고 일부러 차를 들이받은 것 같은 느낌이 들었다.
 수는 아내의 첫사랑 남자를 어디서 본 듯했다. 어디서 봤는지 물어볼 겨를도 없이 원치 않는 사건이 일어났다. 수는 교도소에 갇혀 지내며 남자를 어디서 보았는지 곰곰이 생각해 보았다. 어디서 한두 번 본 것도 같은데, 기억이 가물가물했다.
 궂은비 내리는 어느 날 저녁, 수는 남자가 누군지 생각났다. 놀랍게도 트럭 운전사가 바로 아내의 첫사랑 남자였다. 우연히 발생한 교통사고가 아니었다. 남자가 교통사고로 위장해 수를 죽이려고 한 것이 틀림없었다. 남자의 단독 범행이 아니었다. 남자가 아내와 함께 음모를 꾸미지 않았으면 그런 일을 저지르지 않았을 것이다. 아내는 수에게 사랑한다는 말을 자주 했다. 겉으로 수를 사랑하는 척하며 속으로는 죽이려고 한 것이다.

　아내의 고향 친구가 보험 설계사였다. 수는 아내 요구대로 그녀를 통해 여러 가지 보험에 가입했다. 한 달 보험비로 지출되는 돈이 꽤 되었다. 수는 쓸데없이 많은 보험에 가입한 것을 못마땅하게 생각했다. 수는 아내가 왜 그리도 많은 보험에 가입하도록 종용했는지 알게 되었다. 만일 수가 교통사고로 죽었으면 아내는 사망 보험금을 수령했을 것이다.

　아내가 아무 말도 없이 사나흘 밖에서 보내고 집으로 돌아오곤 했다. 휴대전화 전원을 꺼서 통화가 되지 않았다. 수는 아내에게 어디에 갔다 왔는지 물었다. 아내가 고향 친구 집에 갔다 왔다고 짧게 대답했다. 수는 아내의 외박으로 얼굴을 붉혔지만, 목소리를 높여 싸우지 않았다. 그 일 이외에는 수가 아내에게 화를 내거나 부부싸움을 한 적이 없었다. 골똘히 생각해 봐도 수는 교통사고를 당할 만큼 잘못한 것이 없었다.

　출소 후에 수는 사글셋방을 얻고 독한 술을 마시며 세월을 보냈다. 사글셋방 근처에 살았던 노인이 술만 마시는 수를 딱히 여겨 반찬을 주었다. 노인이 수에게 악연이란 말을 했다. 전생에 수가 아내에게 몹쓸 짓을 저질렀고, 그런 이유로 이번 생에선 고통을 겪는 거라고 했다. 과거의 원한을 풀려면 영적인 능력이 뛰어난 어느 종교 단체에 돈을 주고 한바탕 굿을 하고 제사를 지내라고 했다. 수는 노인 말을 믿지 않았다. 옆집 노파는 수에게 삼재가 들어 그런 일을 당했다고 했다. 부적을 구입해 벽에 붙이고 몸에 지니고 다니면 악한 기운을 물리칠 거라고 했다. 방에 돈벌레가 많으면 돈을 많이 벌고, 문지방을 밟으면 재수가 없다고 했다. 최악의 상황을 극복하고 재기하려면 돈벌레를 잡지 말고, 문지방을 밟지 말라 강조했다. 수는 미신을 광적으로 믿는 노파 말에 따르지 않았다.

  아내를 오해하고 있는 것이 아닐까? 아내는 교통사고에 대해 아무 관련이 없을지도 모른다. 무슨 잘못을 저지르고 교도소에서 십 년 동안 복역할 정도라면 보통 남자가 아니었다. 남자가 단독으로 범행을 저지를 수 있는 일이었다. 수는 남자의 단독 범행으로 간주했다. 되도록 그렇게 생각하며 아내를 미워하지 않으려고 했지만, 마음대로 되지 않았다. 풀리지 않는 삶의 의문 탓인지 마음속엔 미움과 분노가 가득했다. 타오르는 불길 같은 미움이 좀처럼 사그라들지 않았다. 어머니가 수에게 과거의 거울을 주지 않았으면 나쁜 일을 저지르고 말았을 것이다. 사랑을 잃고 상처를 입은 수를 살린 것은 과거의 거울이었다.

몸에서 가시가
사라지는 걸 축하해

먹장구름이 몰려와 하늘을 뒤덮더니 첫눈이 내렸다. 바람이 불어 나뭇가지에 소복이 쌓인 눈이 산벚나무 꽃잎처럼 떨어졌다.

수는 산에 오르려고 배낭을 메고 밖으로 나왔다.

공주가 두 팔을 벌리고 눈 내리는 하늘을 바라보았다.

"어디 가는 거야?"

공주가 물었다.

"산에 좀 갔다 오려고."

"눈이 오는데 산에 가?"

"눈이 와도 산에 다닐 수 있어."

"와, 너무 좋다."

"거울나라에는 눈이 내리지 않아?"

"눈을 보기 힘들어. 겨울에도 날씨가 포근해서 겨울비가 내려. 눈이 내리니까 세상이 온통 깨끗해지는 것 같네. 내 마음도 하얗게 되었으면 좋겠어."

공주가 손바닥으로 눈을 받으며 말했다.

수는 공주에게 손을 흔들고 산기슭으로 걸음을 옮겼다.

산골의 겨울은 눈이 쌓이며 본격적으로 시작된다. 나무에게 겨울은 시련의 계절이다. 죽음 같은 추위에 얼어 죽지 않으려면 강해야 한다. 추위를 이길 자신이 없는 나무는 대부분 겨울잠을 잔다. 침엽수와 나이가 많은 나무는 잠을 자지 않고 겨울을 나기도 한다. 산속에서 오래 살다 보니 어느 나무가 추위를 이기지 못해 얼어 죽을지 알 수가 있었다. 수는 그런 나무를 보면 자신을 포기하지 말고 끈질기게 견디라고 말해 주었다.

수는 산도라지를 캐고 나무에 붙어 있는 버섯을 따러 산을 올라갔다. 양지바른 곳에서 수십 년 묵은 산도라지 두 뿌리를 캤다.

수는 배낭을 땅에 내려놓고 떡갈나무에 옆에 앉았다.

"겨울나라 여왕은 시집을 가지 않았어."

떡갈나무가 말했다.

"무슨 소리야?"

"겨울나라 여왕은 누구보다 자존심이 강하다고 했어. 자신보다 강하고 추운 겨울왕자를 만나지 못해 결혼하지 않은 거래."

"누가 그런 말을 했어?"

"성깔 사나운 북풍이 그런 말을 했어. 올해는 겨울나라 여왕이 외로움을 타서 폭설이 내리고 몹시 추울 거라고 했어. 내가 겨울에 얼어 죽지 않고 봄까지 살아 있을까?"

"한잠 푹 자고 나면 봄바람이 불어올 거야."

"봄에 깨어나지 않으면 막대기로 탕탕 두드려 줘."

"걱정하지 마. 아직 수십 년은 더 살 테니까."

"겨울에 얼어 죽는 산짐승이 있어. 수는 얼어 죽지 마."

"걱정해 줘서 고마워."

수가 떡갈나무와 대화를 나누었다.

수는 산봉우리 아래쪽 응달로 내려갔다. 병꽃나무 상황버섯을 따서 배낭에 넣었다.

수는 능선으로 올라와 산 아래를 내려다보았다. 털장갑을 끼고 털모자를 쓴 공주가 개울가 너럭바위에 앉아 물거울을 보았다. 수는 공주를 바라보며 눈물을 글썽였다. 상처가 하루빨리 회복되어 거울나라로 돌아가서 행복하게 살았으면 싶었다.

수는 산 아래로 내려오다 동굴 입구에서 걸음을 멈추었다. 동굴 속에서 비행접시가 커졌다가 작아지고, 푸른빛을 뿜으며 윙윙거렸다. 머잖아 공주가 비행접시를 타고 거울나라로 돌아가게 될 것이다. 과거의 거울을 찾으러 지구에 왔고, 과거의 거울을 찾았으니 지구에 오래 머물지 않을 것이다.

"물거울이 정말 대단한 거울이야?"

수가 너럭바위에 배낭을 내려놓고 물었다.

"웅덩이 물고기는 물 밖의 세상을 모르고, 밖으로 나와 걸어 다닐 수 없고, 새처럼 날아다니지 못해. 웅덩이 물고기는 자신들이 다른 동물에 비해 아무것도 모른다고 생각하고 있어. 하지만 웅덩이 물고기는 거울나라 사람들이 알지 못하는 것을 깨닫고 있을 뿐만 아니라 내면 깊은 곳까지 볼 수 있는 마음의 눈이 있어. 맑고 투명한 물에 살며 자신도 모르게 그런 능력을 얻게 된 것이지. 수는 무서운 괴물이었지만,

물거울을 보고 착한 사람이 되었잖아."

"내가 괴물이라니 무슨 소리야?"

"배신한 여자를 향한 분노가 부글부글 끓었잖아."

"미워했으니 그럴 수밖에 없었지."

"입을 벌릴 때마다 미움의 불을 뿜어냈겠지."

"그렇게 생각하면 그런 셈이지."

"물거울을 보면서 미움은 사그라지고 마음이 편안해졌잖아."

"언제부턴가 아내를 잊고 사는 것 같았어. 요즘은 아내를 잘 생각하지도 않아. 얼마 전에 오랜만에 과거의 거울을 봤어. 과거의 거울 속에 아내 얼굴이 보였어. 아내가 불쌍하게 느껴졌어. 오히려 내가 아내에게 잘못한 것들이 생각나서 가슴이 아팠어."

"거봐, 괴물에서 사람으로 변했잖아."

수는 공주와 대화를 나누면 처음엔 말뜻을 이해할 수 없었다. 계속 대화를 나누면 공주가 무슨 말을 하는지 알아들었다.

"물서울에 비친 내 모습은 아직도 징그럽고 무서운 괴물이지만, 무거운 돌에 짓눌린 듯한 마음이 가벼워졌어."

"공주 얼굴이 좋아졌어."

"당연하지. 거울나라에도 없는 물거울을 보고 있잖아."

공주가 웃음을 터뜨렸다.

요즘 공주는 자주 웃었고, 맑은 웃음소리가 산속으로 멀리 울려 퍼졌다. 눈물을 흘리지 못하던 공주가 눈물을 흘렸고, 하루가 다르게 표정이 밝아졌다. 수의 마음도 한결 가벼워졌다.

함박눈이 내리고 있었다.

수는 귀틀집에 가서 우산을 들고 개울가로 왔다. 수는 공주 옆에서 우산을 펼쳐 들고 물거울을 보았다. 눈 내리는 산골 풍경이 물속에서 한 폭의 수채화가 되어 아른거렸다. 물거울에 비친 공주가 입가에 미소를 띠고 있었다.

 "날마다 내 몸에 돋은 가시가 없어지고 있어. 어제도 가시가 수십 개 없어졌고, 오늘도 없어졌어."

 "몸에서 가시가 없어지는 걸 축하해."

 "가시가 없어질수록 언니를 미워하는 마음도 점점 사그라드는 느낌이야."

 "마음이 맑아지는 걸 축하해 주는 뜻으로 하늘에서 이렇게 하얀 눈이 내리는 모양이야."

 "정말 그럴까?"

 "내 눈에는 그렇게 보여."

 "수가 그렇다니까 정말 그런 느낌이야."

 공주가 환한 표정으로 눈 내리는 하늘을 바라보았다.

 친구란 좋은 일뿐만 아니라 힘들고 어려운 일을 당해도 함께하는 사이다. 공주가 기뻐하면 수도 기쁘고, 공주가 슬퍼하면 수도 슬프다. 공주가 울적하면 수도 울적하고, 공주가 즐거우면 수도 즐겁다. 그런 걸 보면 수는 공주의 가까운 친구가 되었다는 생각이 들었다.

봄이 오면 거울나라로
돌아가야겠지

    기온이 급격히 떨어져 개울물이 두껍게 얼었다. 봄이 되어 개울물이 녹을 때까지 물거울을 볼 수 없게 되었다. 공주는 귀틀집으로 내려오지 않았다.
    폭설이 내려 무릎까지 쌓였다. 고지대 산중 겨울은 된통 추워 눈이 내리면 양지바른 곳을 제외하면 잘 녹지 않았다.
    예전에 귀틀집 주위에 화전민들이 살았다. 화전민들이 살고 있을 당시 폭설이 내리면 집과 집을 오가는 좁은 통로를 내고 사람들만 간신히 오갔다. 나이 많은 사람이 사는 집에 줄을 연결하고 그 끝에 작은 종을 매달아 놓았다. 밤새 안녕한지 줄을 흔들어 확인했다. 눈이 쌓이자 수는 화전민들의 마음을 알게 되었다.
    살을 에는 듯한 겨울바람이 나뭇가지를 흔들며 어디로 달려가고 있었다. 잔뜩 찌푸린 하늘에서 눈발이 흩날리며 내리고 있었다.
    수는 공주가 동굴 속에서 어떻게 지내는지 궁금했다. 설피를 신고 넉가래로 길을 내며 산을 올라갔다. 동굴 속에 비행접시가 보이지 않았다. 공주가 거울나라로 영영 떠난 것은 아닐까? 그렇지는 않을 것이다. 장롱 속에 과거의 거울이 있었다. 공주가 과거의 거울을 그대로 둔 채 거울나라로 돌아가지 않았을 것이다.

수는 공주 이야기를 듣고 늘 걱정이 되었다. 왕권을 차지하려는 욕심에 사로잡힌 우주공주가 결코 가만있지 않을 것이다. 특수훈련을 받은 우주공주 사병들이 우주 곳곳으로 공주를 찾으러 다닐 것이 틀림없었다. 그들이 공주 거처를 찾으면 잔인하게 공격할 것이다. 수는 동굴 속에 싸움 흔적이 있는지 살펴보았다. 다행히 싸움 흔적이 보이지 않았다.

수는 집으로 내려와 땀을 흘리며 넉가래로 눈을 치우고 싸리비로 마당을 쓸었다. 눈을 쓸고 좀 쉬었다가 다시 쌓인 눈을 쓸었다. 천사들이 순결한 꽃잎을 만들어 바삐 흩뿌리고 있는가 보았다. 함박눈이 계속 내리고 있었다.

눈이 많이 쌓인 소나무와 잣나무 가지가 뚝뚝 부러지는 소리가 들려왔다. 가지가 부러진 소나무와 잣나무가 고통으로 신음했다. 폭설이 내리면 나무만 고생하는 것이 아니었다. 산속 동물들도 먹이가 부족해 굶어 죽기도 했다. 눈이 많이 내리면 가을에 풍년이 든다 했다. 풍년도 좋지만, 이제 그만 눈이 그쳤으면 싶었다.

저만치 산속에서 무엇이 움직였다. 공주였다. 수는 넋이 나간 표정으로 공주를 바라보았다. 공주가 눈을 헤치며 힘겹게 걸어오는 것이 아니었다. 눈 위를 사뿐사뿐 걸어오며 예쁜 꽃잎을 그려 놓았다.

"수가 살고 있는 지역은 사계절이 있어 참으로 좋은 곳이야. 지구 끝에는 일 년 내내 눈이 쌓여 있었어. 어떤 지역은 일 년 내내 무더운 여름이었어."

공주가 마당으로 들어서며 말했다.

"거울을 찾으러 여러 나라로 다녔군."

"지구 위를 수천 번 돌았어."

"거울을 찾았어?"

"거울이 있는 곳을 다 알게 되었어."

"정말 다행이네."

"거울을 찾으러 다니면서도 걱정이 되었어."

"무슨 걱정을 했어?"

"추운 겨울에 물고기는 얼음 밑에서 어떻게 살아?"

"잘 지내고 있으니까 걱정하지 마."

수가 대답했다.

공주가 장갑을 끼고 눈사람을 만들었다. 수는 공주가 눈사람을 만드는 걸 도와주었다. 공주가 눈사람의 코와 입을 만들며 웃었다.

날이 저물었다.

수는 나무와 대화를 나누게 된 뒤부터 불편한 것이 있었다. 땔감으로 쓰기 위해 살아 있는 나무를 벨 수 없었다. 죽은 나무와 장마철에 쓰러진 나무를 베어 도끼로 쪼갰다. 귀틀집 벽 주위에 장작을 두 겹으로 차곡차곡 쌓아 놓은 것이 바짝 말라 있었다. 장작더미에서 소나무, 잣나무, 낙엽송, 느릅나무, 떡갈나무, 굴참나무 냄새가 은은히 풍겼다.

아궁이에 솔가리와 마른 솔가지를 넣고 불을 붙여 장작불을 지폈다. 연기가 굴뚝에서 모락모락 피어올라 하늘로 올라갔다.

수는 솥에 시래기밥을 지어 아궁이 앞에서 밥을 먹었다. 공주도 배가 고픈지 부엌으로 들어와서 개다리소반 앞에 앉아 밥을 먹었다.

"누렁이가 안 보이네."

"뒤란 기둥에 묶어 놓았어"

"누렁이를 왜 묶어 놓았어?"

"눈이 많이 내리면 산짐승이 배가 고파 창고에 들어오지. 누렁이가 산짐승을 물어 죽이지 못하도록 기둥에 묶어 놓았어."

"창고에 산짐승이 왔어?"

"굶주린 산짐승이 창고에 왔겠지."

"구경하러 가자."

수는 공주와 함께 손전등 불빛을 켜고 창고에 갔다.

매서운 북풍이 불어오고 눈이 허리 높이만큼 쌓이면 굶주린 산짐승이 먹이를 구하러 산 아래로 내려왔다. 산짐승이 창고에 들어와서 지내도록 문을 열어 놓았다. 창고 안에는 노루 두 마리와 고라니 두 마리, 꽃사슴 한 마리가 앉아 있었다. 산짐승이 손전등 불빛을 보고 벌떡 일어나서 구석에 숨었다.

"엉덩이가 하얀 것은 노루이고, 그 옆의 짐승은 고라니야. 고라니 옆의 짐승은 꽃사슴이야."

"꽃사슴은 예쁘게 생겼네."

"낼 아침에 다시 구경하자."

"안녕."

공주가 산짐승에게 손을 흔들었다.

여름철에 사방으로 뻗은 칡덩굴을 베어 묶어 말렸다. 창고 앞에 긴 나무로 원뿔 모양의 기둥을 세우고 칡덩굴을 쌓아 놓았다. 눈이 많이 내리면 산짐승이 겨우내 먹을 양식이었다. 수는 마른 칡덩굴 한 단을 집어 창고 안에 던져 주었다.

공주는 따뜻한 온돌방에 등을 지지는 것이 좋다며 귀틀집에서 잠을 자겠다고 했다.

촛불을 켰다. 밤이 깊어 갈수록 촛불이 환해졌다. 첩첩산중 겨울밤은 길고 고요하며 쓸쓸했다. 눈 내리는 겨울밤엔 까맣게 잊고 있던 옛일이 새록새록 생각나고, 그리운 사람이 더욱 생각나서 눈시울을 적시며 쉽게 잠들지 못했다. 산등성이를 넘어 숨 가쁘게 달려온 바람이 따뜻한 불빛을 보고 하룻밤 쉬어 가려는지 문을 두드리며 기웃거렸다. 문풍지가 바르르 떨며 울었다. 눈의 무게를 견디지 못한 소나무 가지가 뚝뚝 부러지는 소리가 이따금 적막을 깨뜨리며 들려왔다.

아랫목에 솜이불을 덮고 누운 공주는 뒤척이며 잠을 못 이루었다.

"저어, 물어볼 것이 있어."

공주가 말했다.

"만일 수가 내 입장이라면 어떻게 할 기야?"

"공주 일을 곰곰이 생각해 보았어. 꽃의 여왕이 원하는 대로 하는 것이 가장 현명한 결정이라는 생각이 들었어."

"하루에도 수천 번 이렇게 생각하고 저렇게도 생각하며 시간을 보내고 있어. 이럴 수 없고, 저럴 수도 없어."

"공주 마음을 이해해. 하지만 언제까지 이곳에서 지낼 수 없는 일이지."

"물거울을 보며 마음속 가시와 무기가 많이 없어졌고, 봄에 얼음이 녹아 다시 물거울을 보게 되면 가시와 무기가 없어지겠지. 마음속 가시와 무기를 다 없애고 거울나라로 돌아가고 싶어."

"마음속 가시와 무기가 없어진다니 정말 다행이야."

"마음속에 가시와 무기가 가득한 채로 살면서 중요한 사실을 깨달았어. 누군가를 미워하고 분노하며 사는 것이 바로 지옥이란 걸 말이야. 수는 천국에서 살고 있어."

"내가 천국에서 살고 있어?"

"미움과 분노가 부글부글 끓는 모습으로 살고 있지 않으니까."

"현재의 내 모습은 지난날의 나쁜 감정이 많이 사라졌어."

"수를 볼 때마다 나도 깊은 산속에서 살고 싶은 생각이 들었어. 누구를 미워하지 않은 채 산속에서 약초를 캐고 나무와 대화를 나누고 꽃을 구경하며 살면 얼마나 좋을까."

"공주는 거울나라 왕이 될 운명이야. 산속에서 약초꾼으로 살 수는 없는 일이지. 꽃의 여왕이 기다리는 거울나라로 돌아가야 되잖아."

"미소공주는 왕이 되지 않겠다고 하고, 우주공주가 왕이 되면 전쟁을 일으켜 수많은 생명이 죽게 되고, 그러니 내가 왕이 되어야 한다고 말하지. 거울나라 백성들뿐만 아니라 동물들까지 그런 말을 하며 나를 기다리고 있어."

공주가 흐느껴 울었다.

공주가 살며시 문을 열고 밖으로 나갔다.

유구한 역사를 자랑하는 거울나라가 위기에 처해 있었다. 거울나라를 구할 사람은 바로 공주였다. 공주의 가냘픈 어깨 위에 무거운 짐이 놓여 있었다. 수는 공주의 짐을 덜어 주고 싶어도 그럴 수 없었다. 마음속으로 공주가 어려운 상황을 잘 이겨내고 잘되기를 간절히 바랄 뿐이었다.

밀렵꾼

한겨울에도 약초꾼은 쉬지 않는다. 산에 눈이 쌓여 며칠 집에서 지냈더니 몸이 찌뿌드드했다. 수는 아침을 먹고 산에 오를 준비를 했다.
"비행접시로 산봉우리까지 태워 줄까?"
"천천히 산을 올라갈 때에 약초가 더 잘 보여."
"산속으로 혼자 다니는 걸 보면 걱정이 돼."
"눈이 녹은 곳으로 조심해서 다니니까 괜찮아."
"누렁이와 같이 다니면 덜 위험하잖아."
"누렁이를 풀어 주면 창고 안에 들어온 산짐승을 물어 죽여."
"절대로 산짐승을 물지 않겠다고 내게 약속했어."
"그렇다면 목줄을 풀어 줘도 되겠군."
공주가 누렁이 목줄을 풀어 주었다. 누렁이가 꼬리를 흔들며 이리저리 뛰었다.
꽃사슴이 마당으로 들어왔다.
공주는 창고 안에 들어온 산짐승 중에서 꽃사슴을 좋아했다. 꽃사슴도 공주를 좋아해서 둘은 금방 친해졌다. 꽃사슴이 공주를 따라다녔다.

"산에서 태어나 산에서 살았으니 산삼 있는 곳을 알고 있지?"

공주가 물었다.

꽃사슴이 고개를 들어 먼 산을 바라보았다.

"눈이 녹으면 수에게 산삼 있는 곳을 알려 주렴."

공주가 꽃사슴 목을 쓰다듬으며 말했다.

꽃사슴이 고개를 끄덕였다.

"산에 갔다 올게."

"조심해서 다녀와."

공주가 꽃사슴 목을 안고 손을 흔들었다.

수는 누렁이를 데리고 산을 올라갔다.

추운 겨울에는 너무 욕심을 부리면 안 된다. 눈이 녹지 않은 미끄러운 곳으로 다니다간 자칫하면 큰 사고가 난다. 산이 약초꾼 눈을 열어 보여 주는 만큼 만족해야 한다.

양지바른 산기슭에서 찔레나무 상황버섯을 따서 배낭에 넣었다. 싸리나무 가지를 휘감고 올라간 마른 더덕 줄기가 보였다. 주위를 살펴보니 여기저기 더덕 줄기가 보였다. 배낭에서 약초괭이를 꺼내 더덕을 조심스레 캤다. 굵고 큰 더덕이었다. 흔들어 보니 물이 고여 있었다. 수는 더덕 속에 뽀얀 물이 고인 것을 산삼만큼 귀하게 여겼다. 더덕을 배낭에 넣고 다른 더덕을 캐려는 순간, 수리의 날카로운 울음소리가 들려왔다.

읍내 밀렵꾼들이 하늘다람쥐를 사냥하고 부엉이와 수리 둥지를 찾아내어 어린 새를 잡았다. 재작년 초여름에 밀렵꾼들이 수리 둥지에서 어린 수리를 잡아 귀틀집 근처로 내려오다 수를 만났다. 수는 밀렵꾼들에게 올무를 놓고 총을 쏘지 말라 호통치고 어린 수리를 빼앗았다. 수가 어린 수리에게 먹이를 주며 정성껏 돌봐 주었다. 수리가 건강하게 성장해 짝을 찾아 먼 곳으로 날아갔다. 수리는 어린 시절을 잊지 못하는지 이따금 수를 만나러 귀틀집으로 왔다.

   수리가 수를 향해 쏜살같이 내려와 팔뚝에 앉았다. 수리가 수의 뺨에 부리를 비비며 반가워했다. 수가 수리 날개를 쓰다듬어 주었다. 여느 날과 달리 수리가 급히 날아올라 뭔가 위험한 것이 근처에 있음을 알려 주었다.

   산기슭에서 개 짖는 소리가 들려왔다. 밀렵꾼들이 사냥개를 데리고 산짐승을 잡으러 온 것 같았다. 수는 황급히 산을 내려갔다.

   사냥개들이 산기슭에 서 있는 공주와 꽃사슴을 향해 달려오다 멈추었다. 사냥개들이 공주를 보더니 겁을 집어먹었다. 밀렵꾼들이 엽총에 총알을 장전했다. 밀렵꾼들이 엽총으로 꽃사슴을 겨누었다. 무엇에 완전히 미치면 자신도 모르게 헛것이 보인다. 밀렵꾼들의 눈에는 꽃사슴 두 마리가 야트막한 산기슭에 서 있는 것으로 보였다. 방아쇠를 당기는 순간, 공주가 꽃사슴 앞을 막아섰다. 세 발의 총성이 산속으로 울려 퍼졌다. 양지바른 마른 풀 속에 몸을 숨기고 앉아 있던 장끼가 소스라치게 놀라 새된 소리를 지르며 푸드득 날아올랐다.

   수가 산기슭으로 달려가며 고래고래 소리를 질렀다. 누렁이가 컹컹 짖으며 총소리가 난 곳으로 뛰어갔다. 밀렵꾼들이 총알을 맞고 쓰러져 피를 흘리는 공주를 보더니 놀란 표정으로 멍하니 서 있었다. 밀렵꾼들이 수를 보자 정신을 차리고 달아났다. 밀렵꾼들이 돌부리와 나무에 걸려 엎어지고 넘어졌다 일어나 숲속으로 잽싸게 몸을 숨겼다.

수는 밀렵꾼들의 얼굴을 알고 있었다. 읍내에서 자동차 정비소와 건축업을 하는 사람들이었다. 수는 밀렵꾼들을 쫓아가다 멈추고 공주에게 달려갔다.

"공주!"

"비행접시에……."

공주가 가쁜 숨을 몰아쉬었다.

수는 공주를 번쩍 들어 꽃사슴 등에 앉혔다. 꽃사슴이 빠른 걸음으로 산을 올라갔다. 가슴에서 피가 쏟아져 꽃사슴 등을 흠뻑 적셨다. 수가 꽃사슴에게 빨리 뛰라고 소리쳤다. 꽃사슴이 가파른 산길을 뛰어 올라갔다. 수는 공주가 꽃사슴 등에서 떨어지지 않도록 붙잡고 있는 힘을 다해 뛰었다. 나뭇가지에 긁히고 찔려 수의 뺨에서 피가 흘러내렸다. 공주가 숨을 헐떡거렸다.

"죽으면 안 돼."

수가 눈을 부릅뜨고 소리를 질렀다.

동굴에 도착하자 비행접시 문이 열렸다. 수는 공주를 안아 들고 비행접시 안으로 들어갔다. 공주가 손가락으로 투명한 통을 가리켰다. 통 안에 파란 알약이 들어 있었다. 파란 알약을 꺼내 공주 입에 넣어 주었다. 비행접시 문이 닫히자 놀라운 일이 일어났다. 가슴에서 흘러내리는 피가 딱 멈추었다. 몸에 박힌 총알이 몸 밖으로 나와 바닥으로 떨어졌다. 수는 공주 옷을 걷어 올리고 상처를 보았다. 상처가 깨끗이 아물었다. 공주가 기운을 차렸다.

"어떻게 이런 일이?"

"비행접시 안에 있는 생명의 거울에서 생명의 기운이 흘러나오고 있어. 그래서 죽지 않은 것이지."

"정말 다행이야."

"마침 수가 나타나지 않았으면 난 죽었어."

"살아나서 고마워!"

수가 눈물을 흘렸다.

수는 그 사건으로 공주와 거울나라에 대해 좀 더 알게 되었다. 거울나라 사람은 지구의 사람보다 오래 살았다. 공주 수명은 969살이었다. 아직 살아야 할 날이 많이 남아 있었다. 거울나라에는 생명의 거울에서 생명의 기운이 흘러나오고 있었다. 생명의 기운으로 가득해서 큰 사고를 당하지 않으면 대부분 타고난 수명만큼 살았다.

비행접시 밖에서 꽃사슴과 누렁이가 공주를 쳐다보았다.

"꽃사슴과 누렁이도 비행접시에 태워 줘야지."

공주가 말했다.

비행접시 문이 소리 없이 열렸다. 꽃사슴과 누렁이가 쭈뼛거리다 비행접시 안으로 들어왔다. 꽃사슴이 놀란 표정으로 공주 가슴을 살폈다. 꽃사슴이 피 묻은 공주 손등을 핥았다. 누렁이가 앞발을 번쩍 들고 꼬리를 흔들며 공주 턱을 핥았다.

비행접시에 의자가 두 개 놓여 있었다. 공주가 의자에 앉았다. 지구 비행기와 자동차처럼 기계를 작동하는 것이 아니었다. 공주는 가만히 앉아 있었다. 비행접시가 동굴 밖으로 나와 어느새 하늘 높이 떠 있었다. 비행접시가 귀틀집 가까이 내려왔다 상공으로 올라가 눈 깜짝할 사이에 먼 거리를 이동했다. 너무 빨라 날아가는 것 같지 않았다. 누렁이와 꽃사슴이 넋이 나간 표정으로 아래를 내려다보았다. 수는 의자에 앉아 할 말을 잊었다. 거울나라 과학이 얼마나 발달한 것인지 상상이 되지 않을 정도였다.

비행접시가 고도를 낮춰 천천히 날았다. 전투기 두 대가 비행접시 쪽으로 날아오고 있었다. 비행접시가 잠시 멈춰 있다가 순식간에 먼 거리를 이동했다. 전투기가 시야에서 멀어졌다.

"우주에서 지구는 손꼽힐 정도로 아름다운 별이지."

"높은 하늘에서 보니 정말 그렇군."

"지구에 아름다운 곳이 많지만, 내가 가장 좋아하는 지역은 귀틀집이 있는 산속이야. 꽃사슴이 살고 있고, 누렁이가 살고 있고, 물거울이 있고, 물고기가 살고 있고, 내 친구 수가 살고 있는 곳이잖아."

"고마워."

"오히려 내가 고맙지. 수를 만나 물거울을 보게 되었으니까. 물거울을 보지 않았으면 나는 여전히 미움에 사로잡혀 무시무시한 괴물로 살고 있겠지. 생각만 해도 끔찍해."

공주가 눈살을 찌푸리며 고개를 저었다.

"궁금한 것이 있어."

"뭐가 궁금해."

"거울나라에 이토록 빨리 날아다니는 비행접시가 얼마나 있어?"

"거울나라 군대에 최신형 비행접시가 수천 대 있어."

"개인이 비행접시를 소유할 수 없어?"

"개인도 비행기를 갖고 있긴 있어. 지구의 경비행기 같은 비행기를 갖고 있어."

"공주는 군인도 아닌데 어떻게 이런 비행접시를 갖고 있어?"

"난 거울나라 공주잖아. 공주라서 일반 백성들이 탈 수 없는 비행접시를 탈 수 있지."

"우주공주도 이런 비행접시를 탈 수 있어?"

"우주공주를 따르는 군대 장성들이 꽤 있어. 그들에게 부탁하면 언제든지 비행접시를 탈 수 있지."

"그렇구나."

수가 고개를 끄덕였다.

"갑자기 그런 질문을 왜 하는 거야?"

"비행접시를 타고 있으니까 그런 것이 궁금해졌어."

"수가 나를 걱정해 주고 있는 건 알지만, 자신의 일처럼 걱정하는 걸 이제야 알았어."

"요즘 나는 공주가 무사히 거울나라로 돌아가기만을 빌고 있어."

"수의 말을 듣고 나니 힘이 불끈 솟네."

공주가 수의 손을 꽉 잡았다.

"지구로 날아오는 거울나리 비행접시는 없는 거지?"

"아직은 없지만, 언젠가 우주공주 사병들이 나를 잡으러 오겠지. 내가 그들에게 발각되는 것은 시간문제야."

"그렇다면 하루빨리 거울나라로 돌아가야 되잖아."

"꽃이 피어나는 봄까지 수 곁에 더 머물고 싶어."

"정말 괜찮을까?"

"우주공주 사병들에게 발각돼 싸우다 죽는 건 두렵지 않아. 어차피 죽음을 각오하고 거울나라를 떠나 지구로 왔으니까. 내가 걱정하는 건 죽음이 아니라 꽃의 여왕 안위야. 나 때문에 더욱 고초를 겪고 있을 텐데, 그런 걸 생각하면 하루빨리 거울나라로 돌아가야 하는데, 이렇게 차일피일 미루고 있어. 결국 거울나라로 돌아가서 원래 모습을 회복하고 살아야겠지.”

공주가 쪽빛 하늘을 바라보며 말했다.

비행접시가 귀틀집 마당으로 사뿐 내려앉았다.

감정의
거울

    감정의 거울을 보는 여자는 부자였다. 여자는 대저택에 살고 있었다. 집안일을 돌보는 집사와 살림을 맡은 할머니가 월급을 받고 대저택에서 지냈다.

    여자는 가난한 집안에 태어났다. 가난한 집안에 태어난 것도 억울해 죽을 지경인데, 못생긴 엄마를 닮은 것이 늘 불만이었다. 평범한 성격이 아니었다. 눈이 작고 얼굴이 둥근 호박만큼 크며 광대뼈가 툭 불거지고 칼귀에 주먹코의 추녀임에도 불구하고 잘생기고 돈 많은 남자만을 좋아했다.

    여자는 공부를 잘했다. 명문대학에 입학했다. 가난한 부모는 여자에게 학비를 주지 않았다. 온갖 아르바이트를 하며 학비를 벌었다. 잠자는 시간이 부족해 친구들과 어울려 놀지 않았다. 대학에 다니는 동안 남학생을 한 번도 사귀지 못했다. 남학생이 여자에게 관심을 보이지 않았다. 여자는 세상에서 가장 슬픈 것이 가난과 외로움임을 뼈저리게 느꼈다.

어느 날 여자는 거리를 걷다 젊은 연인을 보고 맥이 탁 풀려 가로수에 몸을 기대고 멍청히 서 있었다. 세상에서 자신이 가장 외로운 여자라는 생각이 들었다. 눈물이 흘러내렸다. 골동품을 파는 가게 앞이었다. 골동품 가게 주인이 다리를 꼬고 의자에 앉아 여자를 쳐다보았다.

골동품 가게 주인은 바람둥이였다. 마음에 드는 처녀를 보면 사귀려고 했다. 이젠 그럴 수 없었다. 좋은 시절은 다 갔다. 다섯 번째 아내는 세상에서 가장 모질고 까다로운 여자였다. 목숨을 걸고 사랑을 하는 여자였다. 아내는 골동품 가게 주인이 다른 여자를 좋아하면 가만두지 않겠다고 도끼눈을 치뜨고 윽박질렀다. 거울을 다른 사람에게 주고 싶었다. 골동품 가게를 운영하며 우연히 얻은 거울로 인해 목숨을 잃고 싶지 않았다.

"아가씨, 나 좀 보시오."

골동품 가게 주인이 여자를 손짓해 불렀다.

"요즘 사귀는 남자 친구가 있어?"

"없어요."

여자가 눈물을 닦으며 말했다.

"내 말을 믿기 힘들겠지만, 속는 셈 치고 믿어 보면 멋진 남자를 만나게 될 거야. 내가 신비로운 거울을 하나 갖고 있어. 거울을 보며 어떤 사람을 사귀고 싶어 하면 그 사람을 사귀어 결혼할 수 있지. 난 거울을 보고 결혼을 다섯 번 했어. 다섯 번째 아내는 내가 다른 여자를 좋아하면 죽여 버리겠다고 협박하지. 이제 난 젊고 매력적인 처녀를 사귈 수 없으니 거울이 필요치 않아. 아주 귀한 거울이라 비싸게 팔아야 하지만, 젊은 여자에게 비싸게 팔 수 없지. 언제든지 돈을 갖고 오면 헐값에 넘길게."

골동품 가게 주인이 거울을 들고 말했다.

직사각형 모양의 거울은 평범해 보이지 않았다. 금박을 입힌 거울 테두리에 상형문자가 새겨져 있었다.

"잘생긴 남자를 생각하며 거울을 보면 그 남자가 아가씨를 좋아하게 될 거야."

골동품 가게 주인이 여자 얼굴 앞으로 거울을 내밀었다.

여자는 골동품 가게 주인의 말을 듣고 미소를 지었다. 여자는 같은 동네에 살고 있는 잘생긴 남자를 좋아했다. 부잣집 아들이었다. 여자는 잘생긴 남자를 생각하며 거울을 보았다.

놀라운 일이 일어났다. 그날 저녁 은행 못미처에 있는 카페 앞에 이르렀을 때, 거울을 보며 생각한 남자가 앞에서 걷고 있었다. 남자 주머니에서 갈색 지갑이 떨어졌다.

"잠깐만요."

여자가 남자를 불렀다.

남자가 걸음을 멈추고 뒤돌아보았다.

"지갑이 떨어졌어요."

여자가 지갑을 주워 남자에게 주었다.

"사례를 하고 싶은데, 괜찮겠습니까?"

"뭘 바라고 지갑을 준 것은 아니었어요."

"지갑 속에는 중요한 것이 들어 있어요. 괜찮으시다면 커피라도 대접해 드리고 싶네요."

여자는 남자와 함께 카페에서 커피를 마시며 대화를 나누었다. 남자가 여자 전화번호를 물었다. 남자는 여자가 살고 있는 반지하 원룸 앞까지 줄레줄레 따라왔다.

그날부터 남자가 여자를 좋아했다. 세상에 태어나서 처음으로 남자 관심을 받았다. 여자는 어떻게 이런 기적적인 일이 생겼을까 생각해 보았다. 문득 골동품 가게 주인 말이 떠올랐다. 여자는 골동품 가게에 가서 사람이 만든 것 같지 않을 정도로 고풍스러운 거울을 싸게 구입했다.

여자는 거울을 보며 부잣집 남자를 생각했다. 그럴수록 남자는 여자를 따라다녔다. 밤에도 반지하 원룸 앞에서 방문을 쾅쾅 두드렸다. 여자가 짐짓 화난 표정을 지으며 제발 예의를 지켜 달라고 했다. 남자가 여자에게 사랑을 고백했다. 여자를 처음 본 순간 자신의 운명적인 사랑임을 알아보았다고 했다. 남자가 여자에게 꽃다발을 주며 순수한 사랑을 받아 달라고 애원했다.

"사랑을 거절하면 강물에 빠져 죽고 말 겁니다."

남자가 여자 앞에 무릎을 꿇고 말했다.

"으흠, 앞길이 창창한 젊은 남자를 죽게 할 수는 없으니 어쩔 수 없군."

여자가 어깨에 힘주고 웃음을 참았다.

일 년 후에 남자는 집안 어른들의 반대에도 불구하고 여자와 결혼했다. 남자는 여자를 만나기 전에 은행에 근무하는 아가씨를 사귀었다. 달콤한 사랑의 밀어를 속삭이며 결혼까지 약속한 사이였다. 어느 날 몽롱한 꿈에서 깨어나서 정신을 차리고 보니 못생긴 여자와 살고 있었다. 남자가 여자에게 이혼을 요구했다. 여자는 이혼하고 나서 거울을 보며 돈 많고 잘생긴 남자를 생각했다. 거울을 보며 생각한 남자가 여자를 따라다니며 사귀자고 치근대었다. 여자는 두 번째 남자와 결혼했다. 두 번째 남자도 정신을 차리고 보니 못생겼을 뿐만 아니라 성격까지 좋지 않은 여자와 살고 있었다. 두 번째 남자가 여자에게 이혼을 요구했다. 이혼할 때마다 적잖은 위자료를 받았다. 그 이후로 세 명의 남자와 살았고, 앞으로 부잣집 남자를 몇 명 더 만날지 알 수 없었다. 아직도 마음이 텅 빈 듯이 허전하고 외로웠다.

"누구세요?"

여자가 거실 소파에 앉아 텔레비전을 보다 인기척에 깜짝 놀랐다.

"거울나라 공주야."

공주가 말했다.

여자가 살림을 맡은 할머니를 불러 공주가 어떻게 집으로 들어왔는지 물었다.

"전혀 모르겠구먼요."

할머니가 고개를 갸우뚱했다.

"그대가 보고 있는 기울은 감정의 거울이야."

"감정의 거울?"

"그 거울은 지구 사람이 만든 것이 아니오."

"그럼 누가 거울을 만들었어?"

"거울나라 장인이 만든 거울이지."

"거울나라가 어디에 있지?"

"밤하늘 뭇별 중에서 새벽에 보석처럼 빛나는 별이 바로 거울나라야."

"경찰을 부르기 전에 당장 내 집에서 나가."

여자가 눈을 부릅뜨고 말했다.

"부잣집 남자를 다섯 명 만났지만, 모두 헤어지고 말았지. 거울을 보면 만족할 줄 모르고 돈 많고 멋진 남자만을 사귀려고 할 것이오. 남들이 보기에는 그대가 돈도 많고 행복한 듯이 보이지만, 외로워서 남모르게 베갯잇을 적시며 밤새워 울기도 했지. 진정으로 사랑해서 만난 것이 아니라서 남자를 사귈수록 외로웠을 것이오. 사랑하지 않으면 돈 많고 잘생긴 남자를 오십 명 만난다고 해도 외로울 수밖에 없어."

"세상에, 나에 대해 훤히 알고 있네요."

여자가 겁먹은 표정으로 존댓말을 썼다.

"거울을 내게 주시오."

"거울 덕분에 지긋지긋한 가난에서 벗어났고, 멋진 남자들을 만났어요."

"거울을 주지 않으면 그대 삶은 점점 불행해질 거야."

"거울이 없으면 잘생긴 남자를 사귈 수 없어요."

"잘생긴 남자가 아니라 사랑하는 남자를 만나 행복하게 살면 되잖아."

"남편을 다섯 명 얻었지만, 아직도 난 사랑하는 방법을 모르고 있어요."

여자가 고개를 떨어뜨렸다.

거울을 주지 않으면 불행해질 거라는 말을 듣고 마음이 무거웠다. 계속 여러 남자를 사귀다 나쁜 남자를 만나면 불행한 일을 겪을지 모른다는 생각이 들었다. 이쯤에서 거울을 다른 사람에게 주는 것이 좋을 것 같았다. 골동품 가게 주인도 아내를 다섯 명 얻고 나서 거울을 여자에게 주었다. 계속 거울을 갖고 있다간 제명에 못 살 것을 알았기 때문이었다.

여자가 화장대 서랍에서 거울을 꺼냈다. 여자가 이웃집 잘생긴 노총각을 생각하며 거울을 보았다. 여자가 공주에게 거울을 주려다가 이웃집 잘생긴 노총각을 생각하며 거울을 보았다. 여자가 공주에게 거울을 주려다가 이웃집 잘생긴 노총각을 생각하며 또다시 거울을 보았다.

"거울을 주기 싫은 것이오?"

"이제 거울은 내 것이 아니군요."

여자가 공주에게 거울을 주었다.

초인종이 울렸다.

"노총각이 대문 앞에 또 서 있네."

할머니가 말했다.

"대문을 열어 주세요."

"으이구, 이걸 어째. 눈에 콩깍지가 씐 모양이야. 요즘 뻔질나게 초인종을 누르네. 결혼을 다섯 번이나 한 여자에게 애걸복걸하며 쫓아다니다니. 부잣집 아들이 뭐가 부족해서 이러는지 정말 모르겠네. 제정신이 아니군."

할머니가 중얼거렸다.

공주가 감정의 거울을 보았다.

공주는 잘생기고 친절하며 키가 큰 남자를 좋아했다. 그 남자는 거울나라 평범한 백성이 아니었다. 공주의 사촌오빠였다. 사촌오빠가 미소공주와 우주공주와 공주 중에서 공주를 가장 귀여워했다. 사촌오빠가 왕궁에 오면 공주와 함께 시간을 보내곤 했다. 거울나라 법으로 왕족끼리 사귀거나 결혼하는 것을 금해 놓았다. 일반 백성에게 왕족이 되는 기회를 주기 위해 그런 법을 만들었다. 공주가 사촌오빠를 사귀면 법을 어기는 것이 된다. 둘은 결혼할 수 없을 뿐만 아니라 서로 깊은 상처를 입고 말 것이다. 사촌오빠를 좋아하면 남자를 사귀지 못한 채 평생 외롭게 살아야 할 것이다. 공주는 감정의 거울을 보며 거울나라로 돌아가기 전에 사촌오빠에 대한 감정을 깨끗이 정리하지 않으면 안 된다는 것을 깨달았다.

영생의
거울

    영생의 거울을 보고 늙지 않은 채 사는 여자가 있었다. 여자는 자신의 나이가 몇 살인지 정확히 기억나지 않을 정도로 오래 살았다.
    그해 겨울은 유난히 추웠다. 긴 겨울이 끝나고 봄이 왔다. 입맛이 없어 쑥국과 쑥개떡을 만들어 먹고 싶었다. 여자는 쑥을 뜯으러 산기슭으로 갔다. 바구니에 파릇파릇한 쑥을 뜯어 넣고 있는데, 햇살에 반짝이는 것이 아름드리 소나무 옆에 떨어져 있었다. 그 당시에는 거울이 흔치 않은 세상이었다. 테두리에 문양이 새겨진 둥근 거울이었다. 거울 뒷면에는 수만 개의 직선과 곡선이 여러 가지 모양으로 정교하게 새겨져 있었다. 보통 거울이 아니었다. 여자는 훌륭한 거울을 얻었다는 생각이 들었다.
    여자는 남편을 잃고 늙은 시부모를 모시고 살았다. 마을 사람들이 여자에게 자식이 없으니 외롭게 살지 말라며 재혼을 권유했다. 여자는 시집가면 그 집안에서 늙어 죽을 때까지 살아야 한다는 엄한 가정교육을 받고 성장했다. 고지식한 친정 부모가 여자를 받아들이지 않았다.

여자는 시댁을 떠나면 갈 곳이 없었다.

여자는 시부모에게 거울에 대해 말하지 않았다. 산에서 나물을 뜯다 귀한 거울을 주웠다고 하면 믿지 않을 것 같았다. 거울을 방구석에 숨겨 두고 혼자 몰래 거울을 보았다. 틈만 나면 거울을 보는 것이 유일한 낙이었다.

사람은 아무리 똑똑하고 유능해도 세월을 이길 수 없다. 이상하게도 여자 얼굴과 몸은 변한 것이 전혀 없었다. 그때까지만 해도 여자는 거울을 보고 나서 늙지 않는 것을 깨닫지 못했다. 몇 년이 더 흐른 후에야 여자는 거울을 본 다음 자신이 늙지 않는 것을 깨달았다.

마을 사람들이 여자에게 무슨 좋은 것을 먹기에 늙지 않느냐고 물었다. 권세 있고 부유한 관리들이 여자를 찾아와서 늙지 않는 비법이 무엇인지 물었다. 여자는 항상 웃으며 즐겁게 사는 것이 비법이라고 말해 주었다. 시부모는 며느리가 너무 젊은 것을 걱정했다. 시아버지가 죽었고, 시어머니 몸도 편치 않았다. 일 년 후에 시어머니가 죽었다.

밤에 사나운 짐승이 나타나서 마을 사람을 물어 죽이는 사건이 잇따라 발생했다. 작두를 타는 무당이 한바탕 굿을 하고 나서 구미호가 사람을 죽인다고 했다. 무당은 구미호가 사람으로 변신해 마을에서 정체를 숨긴 채 살고 있다고 했다. 그 말을 듣고 관리들이 여자를 떠올렸다. 세월이 흘러도 전혀 늙지 않는 걸 보면 구미호가 틀림없다고 확신했다.

포도청 사람들이 여자를 체포하러 왔다. 여자는 관청으로 끌려가서 모진 고문을 당했다. 여자는 자신이 구미호가 아니라고 피를 흘리며 말했다. 그들은 여자 말을 믿지 않았다. 늙지 않는 이유가 뭔지 사실대로 말을 하라며 고문을 했다. 여자는 산속에서 흰 도포를 입고 수염이 긴 신선을 만나 산삼 세 뿌리와 영지버섯을 얻어먹고 늙지 않는다고 거짓말을 했다. 가까스로 목숨을 잃지 않았지만, 나쁜 일이 일어나면 다시 관청으로 끌려가서 모진 고문을 당하게 될 것이다. 여자는 산기슭에서 주운 거울과 얼마의 돈을 갖고 한밤중에 몰래 도망했다.

여자는 정처 없이 떠돌아다니며 살았다. 혼자 사는 것이 외로워 남자를 사귀었다. 몇 년 후에 말없이 남자 곁을 떠났다. 언제까지 늙지 않은 모습으로 남자와 함께 살아갈 수 없었다. 가장 길게 사귄 것은 십 년이었다. 십 년이 지나자 남자가 여자를 두려워했다. 여자는 남자와 헤어지지 않을 수 없었다.

늙지 않고 죽지도 않으며 한군데에 눌러앉을 수 없었다. 거주지를 바꾸어 가며 살았다. 행방불명이 된 다른 사람의 이름으로 살았다. 그렇게 살며 재산을 모았다. 재산을 모으는 것도 부질없는 짓이지만, 재산이 있으면 고생하지 않았다. 시간이 흐를수록 재산이 늘어났.

여자가 직원을 두고 자신의 빌딩에서 카페를 운영했다. 여자가 낮에 카페 창가에 앉아 길거리를 오가는 사람들을 무심히 바라보며 커피를 마셨다.

"늙지 않은 채 더 살고 싶어?"

공주가 여자 맞은편 의자에 앉아 대뜸 그렇게 물었다.

여자는 깜짝 놀랐다. 어떤 사람도 여자가 늙지 않는 것을 알지 못했다. 여자가 안경을 벗고 공주를 뜯어보았다.

"어느 별에서 온 누구시오?"

"거울나라 공주야. 그대가 갖고 있는 영생의 거울을 찾으러 왔어."

"그 거울 이름이 영생의 거울이구나."

여자가 고개를 끄덕였다.

"지구에서 만든 거울이 아니라는 걸 알고 있었지. 언젠가 거울 주인이 거울을 찾으러 올 날을 간절히 기다렸어. 정말 오래 걸렸군."

"거울을 내게 줄 생각이 있어?"

"당연히 거울 주인에게 돌려줘야지."

여자가 밖으로 나가 차 트렁크를 열고 배낭에서 거울을 꺼내 들고 왔다. 여자가 공주에게 영생의 거울을 주었다.

"어떻게 날 믿고 거울을 쉽게 주는 것이오?"

"날 알아본 사람은 당신이 처음이니까."

"내게 원하는 것이 있으면 말해 보시오."

"세월이 흐르면 늙어 죽어야 하는데, 죽지 않고 여태껏 살아왔어. 무서운 전염병이 창궐했지만 멀쩡했고, 전쟁 중에 가슴과 배에 총알을 맞고도 슈퍼맨처럼 죽지 않았어. 이제 나는 조상들의 곁으로 돌아가서 편히 쉬고 싶어."

"과거의 거울을 보면 멈춘 시간이 움직여 타고난 수명만큼 살고 죽게 되겠지. 죽기를 원하면 과거의 거울을 그대에게 보여 줄게."

"모두 죽는데, 나 혼자 죽지 않는 건 고통이었어. 사람이 아니라 무슨 괴물이 되어 살고 있는 느낌이었지. 마침내 늙어 죽을 수 있게 되었군."

여자가 환한 미소를 지었다.

사람들은 천년만년 살고 싶어 고래 등 같은 기와집을 짓고 살았다. 불로초를 먹고 죽지 않은 채 영원히 사는 사람은 없었다. 막강한 권력을 쥔 왕도 죽었다. 남루한 옷을 입은 거지도 죽었다. 평범한 사람도 죽었고, 뛰어난 사람도 죽었다. 가난뱅이도 죽었고, 권문세가 양반도 죽었다. 잘 살기 위해 아등바등 살았으나 속절없는 세월 따라 모두 사라지고 말았다.

사람은 세상에 태어나서 살다 언젠가 죽어야만 한다. 죽지 않으면 세상은 상상할 수 없을 정도로 타락할 것이다. 스스로 신이 되려는 사람들의 교만이 하늘을 찌르고, 폭력이 난무하며, 빈부 격차가 심화되고, 강대국이 약소국을 점령해 끝없이 괴롭힐 것이다. 모든 것이 진부해 감동을 받지 못할 것이다. 마약으로 사람들의 몸과 정신이 망가지고, 열심히 일을 하지 않을 것이다. 부모를 공경하지 않을 것이다. 죽지 않으면 인구 밀도가 높아져 발 디딜 틈도 없게 될 것이다. 결국 환경 오염으로 지구는 망하고 말 것이다.

공주가 영생의 거울을 보았다.

영생의 거울을 보면 반드시 과거의 거울을 보아야 한다. 과거의 거울을 찾지 못해 죽지 않고 살게 되면 어떻게 될까 생각해 보았다. 늙은 왕이 죽으면 우주공주 측근들이 법을 개정해 우주공주를 왕으로 뽑을 것이다. 우주공주가 왕이 되면 공주를 체포해 교도소에 집어넣고 말 것이다. 어둠침침한 독방에 짐승처럼 가둬 놓고 죽지 않을 정도의 음식으로 연명하도록 할 것이다. 운이 좋아 해외로 도피해도 고단한 삶을 살아야 하는 건 마찬가지다. 의심 많은 우주공주가 훗일을 염려해 공주를 가만두지 않을 것이다. 자객들을 고용해 끊임없이 미행하며 죽이려고 할 것이다. 살아 있으나 차라리 죽는 것만 못한 삶을 살아야 할 것이다. 우주공주가 거울나라 왕으로 군림하는 동안 거울나라 땅을 밟지 못할 것이다. 만남과 이별, 탄생과 죽음의 법칙을 거스르는 실수를 저지르고 이루 다 말할 수 없을 정도로 큰 고통을 겪었다. 공주는 영생의 거울을 보며 꽃의 여왕과의 이별은 끝이 아니라 새로운 시작임을 깨달았다.

생강나무를
좋아하는 공주

 사납게 기승부리던 겨울바람이 북쪽으로 물러가고 봄바람이 불어왔다. 햇살이 잘 비추는 곳에는 눈이 다 녹았다.
 산속의 봄은 두꺼운 얼음 밑으로 졸졸졸 흐르는 물소리에서 시작된다. 개울가에 솜털처럼 보드라운 버들가지 꽃이 피어 봄바람에 수줍은 듯이 살랑살랑 흔들렸다. 양지바른 곳에 파릇파릇한 새싹이 돋아났다. 겨울잠에서 깨어난 토종벌이 부지런히 날아다녔다.
 땅이 녹자 수는 바빠졌다. 삽과 괭이로 밭을 일궜다. 수는 텃밭에 아욱 씨를 뿌리고 밭고랑에 앉아 쉬며 공주를 바라보았다.
 밀렵꾼들이 총으로 공주를 쏘았을 때의 일이 떠올랐다. 며칠 전에 등산복 차림의 밀렵꾼들이 챙이 긴 모자를 푹 눌러쓰고 이곳에 와서 약초 뿌리를 캐는 척했다. 수가 공주에게 그들을 경찰에 신고해야 할지 물었다. 공주가 그들을 경찰에 신고하지 말라 했다. 가슴에 총알을 맞고 멀쩡히 살아 있는 것이 도저히 믿어지지 않는 모양이었다. 그들은 너무 놀라 어리둥절한 표정으로 서 있었다. 누렁이가 그들을 알아

보고 사납게 짖었다. 그제야 그들은 정신을 차리고 아랫마을로 횡허케 달아났다.
"수, 이리 와."
공주가 산기슭에서 수를 불렀다.
"무슨 일이 있어?"
"아름다운 꽃이 피었어."
산기슭에 생강나무 꽃이 노랗게 피어 있었다.
"공주 피가 떨어진 곳에 서 있는 나무잖아."
"수도 그걸 알고 있었군."
"당연하지."
"수가 나무와 대화 나누는 걸 신기하게 생각했는데, 내게도 기적이 일어났어. 나무가 내게 말을 해서 처음엔 놀랐어. 생각해 보니 내가 피를 흘리며 쓰러진 곳에 서 있는 나무였어. 그런 이유로 나무가 내게 말을 하는 모양이야."
"다른 나무와 대화를 나눌 수 있어?"
"수는 모든 나무와 대화를 나눌 수 있지만, 난 오직 이 나무만 대화를 나눌 수 있어. 그래서 그런지 세상 나무 중에 이 나무가 가장 소중하게 느껴져. 이토록 향기로운 꽃이 피어나는 나무는 처음 보았어."
공주가 생강나무 꽃향기를 맡으며 함박웃음을 지었다.
생강나무 꽃보다 아름답고 예쁜 꽃이 지천으로 피어날 것이다. 그런 꽃은 공주의 꽃이 아니었다. 공주에게 말을 하고 공주를 좋아하는 꽃. 공주에겐 지구에 피어난 꽃 중에서 그 작은 꽃이 가장 향기롭고 아름다운 꽃이었다.

"거울나라에도 꽃이 있어?"

"꽃이 많지만, 너처럼 향기로운 꽃은 별로 없어."

"거울나라 식물에 대해 알고 싶어."

"거울나라에 많은 식물이 있어. 그중에서 가장 신비로운 식물이 있어. 사람과 대화를 나눌 수 있는 꽃의 여왕이란 식물이야. 꽃의 여왕 꽃은 백 년 만에 피어나서 일주일 동안 피었다가 꽃잎이 떨어지는데, 난 꽃의 여왕을 사랑해서 꽃잎이 떨어지는 것을 싫어했지. 거울나라에는 온갖 거울이 있지. 꽃의 여왕과 나는 시간이 멈춰지는 영생의 거울을 보았어. 어느 날 우주마적단이 나타나서 창고 물건들을 강탈했어. 영생의 거울과 과거의 거울을……."

공주가 생강나무에게 자신의 이야기를 들려주었다.

"요즘 밤마다 꿈속에서 꽃의 여왕을 만나고 있어. 머잖아 꽃의 여왕을 만나러 거울나라로 돌아가야겠지. 꽃의 여왕과 헤어지기 싫어 그곳으로 돌아가는 것이 두렵지만, 결국 나는 그곳으로 돌아가야겠지."

공주가 생강나무 줄기를 어루만지며 말했다.

겨우내 함께 지냈던 공주와 헤어질 날이 머지않은 것 같았다. 젊은 시절에도 그랬고, 나이를 먹을 만큼 먹었어도 이별은 결코 쉽지 않았다.

수는 일을 하러 텃밭으로 향했다. 발걸음이 무거웠다.

공주 몸에서 가시가
다 사라졌어

 봄이 왔다.
 해마다 봄이 오면 산과 들에 기적이 일어났다. 극한의 추위를 견뎌 내어 파릇파릇 새싹이 돋아나고 향긋한 꽃이 피는 것을 보면 마치 소중한 것이 죽었다 살아난 듯이 기뻤다. 세상 모든 것을 얻어 큰 부자가 된 느낌이었다.
 긴긴 겨울 추위 속에서 생명을 지켜낸 나무의 가지에 잎이 돋아났다. 연초록 색깔로 곱게 옷을 갈아입은 산은 생명의 기운으로 가득했다. 수는 가만히 앉아 산을 바라보는 것을 좋아했다. 돈을 벌고, 소원을 성취하는 것이 아니지만, 그냥 산을 바라보는 것만으로 더없이 행복했다.
 새싹이 돋아나고 꽃이 피어도 응달에는 군데군데 잔설이 희끗희끗 남아 있었다. 겨우내 꽁꽁 얼어붙은 개울물이 다 녹지 않았다. 공주는 개울물이 녹기를 기다렸다.
 눈부신 해가 동녘 하늘에 떠오르고 새들의 경쾌한 노랫소리가 산속으로 울려 퍼지는 아침, 공주는 얼음이 녹았는지 궁금해서 웅덩이로 다가갔다. 밤새 얼음이 다 녹아 있었다. 공주는 조마조마한 마음으로 물거울을 보았다. 물고기가 얼어 죽지 않았다.

"산속 겨울은 너무 추워. 공주가 추운 겨울에 어떻게 살지 걱정했어."

짝사랑이 말했다.

"난 너희가 얼음 밑에서 어떻게 살지 걱정했어."

"얼음이 두껍게 얼어 차가운 바람을 막아 주었어."

별빛이 말했다.

"그랬구나."

"얼음이 얼면 밖이 보이지 않으니 추억을 회상하며 지낼 수밖에 없지. 이번 겨울엔 공주만을 생각했어."

날개가 말했다.

"고마워."

"어느 날 밤에 별빛이 공주를 생각하다 환상을 보았어. 공주가 총에 맞는 환상을 보았어. 총이 뭔지 모르지만 무서운 무기인 모양이야. 우리는 공주가 죽으면 안 된다고 생각하고 밤새워 간절히 기도했어. 이튿날 오후 총소리가 세 번 들렸어. 하지만 우리는 공주가 죽지 않았을 거라고 굳게 믿었지."

"너희들이 기도해 줘서 이렇게 건강하게 살아 있는 거야!"

공주가 허리를 굽혀 물거울을 들여다보며 말했다.

거울나라에서 아주 멀리 떨어진 아름다운 별에 작은 물고기가 살고 있었다. 우주 은하계 어느 나라보다 강대한 거울나라 공주가 그들의 기도를 받았다. 가슴이 뭉클했다. 공주가 맑은 눈물을 흘렸다.

"와, 공주 몸에서 가시가 다 사라졌어!"

"예쁜 소녀 모습을 하고 있네!"

"공주가 이렇게 예쁠 줄 몰랐어!"

별빛과 짝사랑과 날개가 공주를 쳐다보며 기뻐했다.

공주는 눈을 크게 뜨고 물거울을 보았다. 봄이 되어 산과 들에 기적이 일어났고, 공주 몸에도 기적이 일어났다. 온몸에 빽빽이 돋은 크고 작은 가시와 주렁주렁 달린 무기가 모두 없어졌다.

거울나라 장인들이 내면의 거울을 만들었다. 자신뿐만 아니라 다른 사람을 생각하며 내면의 거울을 보면 그 사람의 비밀스러운 것까지 속속들이 보였다. 거울나라 백성들이 타인의 온갖 비리와 잘못과 죄를 알게 되어 하루도 조용할 날이 없었다. 목소리를 높여 싸우는 소리가 왕궁까지 시끄럽게 들려왔다. 왕이 내면의 거울을 전부 없애고 그 거울을 만들지 말라 명령을 내렸다.

물거울은 거울나라 내면의 거울과 비슷하면서도 달랐다. 내면의 거울은 치유 능력이 없었다. 물거울은 내면의 상태를 정확히 볼 수 있을 뿐만 아니라 부서지고 구부러지고 뒤틀어지고 상처 난 것이 회복되었다. 공주는 지구에 와서 물거울을 보게 된 것은 자신의 삶에서 가장 큰 복이라고 생각했다.

백 년 만에 꽃의 여왕 줄기에서 연꽃 모양의 꽃이 피었을 때, 공주는 이리 뛰고 저리 뛰며 좋아했다. 온몸의 가시가 없어져 그 시절의 해맑고 아름다운 모습을 되찾은 열한 살 소녀가 물거울을 보며 활짝 웃고 있었다.

공주는 수에게 가시와 무기가 없어진 모습을 보여 주고 싶었다. 공주가 귀틀집 마루에 앉아 있는 수를 부르려다 잠시 숨을 멈추었다. 멀지 않은 곳에서 거울나라 기운이 강렬하게 느껴졌다.

공주가 긴장한 얼굴로 주위를 두리번거렸다. 삶과 죽음이 바로 앞에 놓여 있는 느낌이었다. 공주는 거울나라를 떠날 때 자신을 방어할 무기를 가지고 오지 않았다. 목숨을 걸고 싸움을 한 적이 없어서 어떻게 싸우고 방어해야 할지 몰랐다. 우주공주 사병들이 공주를 잡으러 온 것 같았다. 그들의 공격을 막아내지 못해 비참하게 죽을지도 모른다. 죽지 않으려면 비행접시를 타고 달아나는 수밖에 없었다.

"공주님, 별일 없으십니까?"

공주가 동굴을 향해 막 달려가려는 순간, 굵은 목소리가 앞을 가로막았다. 군대장관과 군사들이 모습을 드러내고 공주에게 허리를 굽혔다.

거울나라 왕은 공주가 돌아오지 않는 것을 걱정했다. 왕이 군대장관에게 공주를 찾아 거울나라로 데려오라고 했다. 군대장관과 정보나라 군대장관은 가까운 친구였다. 정보나라 군대장관이 거울나라를 방문해 군대장관에게 과거의 거울이 지구에 떨어진 것을 일려 주었다.

군대장관은 특수부대 군사들을 이끌고 곧바로 지구로 오지 않았다. 우주공주 사병들이 군대장관을 미행했기 때문이다. 군대장관은 우주공주 사병들을 따돌린 후에 지구로 향했다. 보름 전에 지구에 도착해 사방으로 흩어져 공주를 찾기 시작했다. 공주 몸에 돋은 가시가 다 없어지자 거울나라 왕의 기운이 뿜어져 나왔다. 군대장관이 거울나라 왕의 기운을 감지하고 공주를 만나러 급히 산속으로 왔다.

"보다시피 잘 지내고 있어요."

"무사해서 정말 다행입니다."

군대장관이 안도의 한숨을 쉬었다.

공주가 귀틀집으로 걸음을 옮겼다.

"귀틀집에 내 친구가 살고 있어요. 모습을 감춰 주세요."

"알겠습니다."

군대장관이 군사들에게 손짓했다. 군대장관과 군사들이 모습을 감추었다.

공주가 귀틀집에 도착해 마루에 앉았다.

"무슨 생각을 하며 마루에 앉아 있어?"

"공주가 거울나라로 떠나는 장면을 생각했어."

"내게 과거의 거울을 줄 때가 되었어."

"알았어."

수가 방으로 들어가 장롱에서 과거의 거울을 꺼내 들고 밖으로 나왔다.

"거울을 받아."

수가 공주에게 거울을 주었다.

"어머니가 물려준 물건을 내게 주는 것이 쉽지 않을 텐데."

"주인에게 돌려주는 것이 당연한 일이지."

"고마워."

공주가 수의 손을 잡고 말했다.

"오히려 내가 고맙지."

"놀라지 마. 거울나라 군대장관과 군사들이 이곳으로 왔어."

공주가 산기슭을 바라보며 말했다.

"뭔가 번쩍거리는 것이 보였어."

수가 눈을 가늘게 뜨고 산기슭을 바라보았다.

"과거의 거울을 비행접시 안에 갖다 놓을게."

공주가 마루에서 일어나며 말했다.

공주가 산을 올라갔다. 공주가 동굴로 들어가서 과거의 거울을 비행접시 안에 놓고, 다른 거울을 들고 밖으로 나왔다.

"지구에서 찾은 거울이에요. 거울을 갖고 거울나라로 먼저 가세요."

공주가 군대장관에게 거울을 주었다.

"과거의 거울도 제게 주십시오."

"과거의 거울은 내가 직접 갖고 거울나라로 돌아갈게요."

"과거의 거울을 갖고 있으면 위험합니다."

"내 손으로 꽃의 여왕에게 과거의 거울을 보여 주고 싶어요."

"폐하께서 제게 과거의 거울을 찾으라고 했고, 공주님을 모시고 오라고 했습니다."

"고집을 부려 데리고 오지 못했다고 하세요."

"강제로 공주님을 모시고 갈 수도 없는 일이고······."

군대장관이 난처한 표정을 지었다.

"저어, 궁금한 것이 있어요. 잘 있나요?"

공주가 눈물을 흘렸다.

"잘 있습니다."

군대장관이 공주의 시선을 피하며 대답했다.

"회초리를 휘두르고 뜨거운 물을 부으며 괴롭히고 있나요?"

공주가 입술을 바르르 떨었다.

"여러 가지 방법으로 괴롭히고 있습니다."

"아직도 나를 미워하고 있군요."

"우주공주가 공주님을 미워하는 것은 정치적인 욕망 때문입니다."

"잔인한 고문을 잘 참아내어 고맙다고 꽃의 여왕에게 전해 주세요."

"꽃의 여왕이 공주님을 걱정하고 있습니다. 꽃의 여왕을 만나고 다시 이곳으로 오셔도 됩니다. 저와 함께 거울나라로 돌아가시지요."

"이곳에서 좀 더 지내고 거울나라로 돌아갈게요."

"머잖아 우주공주가 공주님 위치를 알게 될 겁니다."

"난 언니와 싸울 생각이 전혀 없어요."

"공주님은 그들을 공격할 생각이 없고 공격할 무기도 없지만, 그들은 과거의 거울을 빼앗고 공주님을 공격할 겁니다. 공주님을 찾으러 특수훈련을 받은 사병과 용병들을 우주 곳곳으로 보낸 것만 봐도 알 수가 있습니다. 공주님 혼자 이곳에 있다간 무슨 사고를 당할지 모릅니다. 군사들을 이곳에 두어 공주님을 지키도록 하겠습니다. 불편해도 이해해 주십시오."

군대장관이 허리를 굽히고 말했다.

"이러다가 거울나라가 두 나라로 나뉘는 것이 아닐까요?"

"요즘 우주공주 측근들이 새로운 법을 만들자고 왕을 압박하고 있습니다. 꽃의 여왕 뿌리를 뽑아 없애 버리고, 장관과 고위직 관리들이 왕을 뽑는 제도를 만들기 위해 백성들을 설득하고 있습니다. 그동안 백성들이 반대해 그 법을 만들지 못했지만, 그들의 요구를 계속 반대할 수 없습니다. 왕께서 너무 늙어 새로운 왕을 뽑을 시기가 되었기 때문입니다. 공주께서 과거의 거울을 찾게 된 것은 거울나라뿐만 아니라 공주님 자신을 위해서도 참으로 다행스러운 일입니다. 이제 거울나라는 두 나라로 나뉠 염려가 사라졌습니다. 꽃의 여왕이 아름다운 모습을 되찾고, 죽기 전에 거울나라를 잘 다스릴 왕의 후계자를 지목할 겁니다."

군대장관이 우렁찬 목소리로 말했다.

"그렇군요."

공주가 한숨을 쉬었다.

겨우내 꽃의 여왕과 헤어질 생각을 했다. 이별을 자연스러운 일로 여기기로 수없이 다짐했다. 아직도 꽃의 여왕과 헤어지는 것이 쉽지 않았다. 공주가 눈물을 흘리며 하늘을 바라보았다.

"한 가지 더 물어볼 것이 있어요."

"제가 알고 있는 거라면 무엇이든 대답해 드리겠습니다."

"꽃의 여왕 잎과 줄기에서 악취가 풍기나요?"

"공주님이 거울나라를 떠난 날부터 악취를 풍기지 않습니다."

"우주공주가 꽃의 여왕에게 세상에서 누가 가장 예쁘냐고 질문하면 뭐라고 대답했나요?"

"공주님이 가장 예쁘다고 했습니다."

"그 말을 듣고 우주공주가 꽃의 여왕을 더욱 괴롭혔죠?"

"그게……."

군대장관이 고개를 돌려 먼 산을 바라보며 대답하지 않았다.

공주가 울음을 터뜨리며 귀틀집으로 내려왔다. 공주가 마당에 서 있는 수의 품에 안겨 서럽게 울었다. 수가 공주 어깨를 말없이 토닥여 주었다.

공주가 어깨를 들먹이며 개울가로 갔다. 공주가 개울가 너럭바위에 앉아 물거울을 보며 눈물을 흘렸다. 바람이 불어 개울가에 핀 조팝나무 꽃잎이 떨어졌다. 맑은 눈물이 하얀 꽃잎이 되어 어디로 떠내려가고 있었다.

거울나라 군사들의 전쟁

 수는 거울나라 군대장관이 이곳에 군사들을 두고 떠났다는 말을 듣고 안심했다. 수의 눈에는 아무것도 보이지 않았다. 나무들의 눈에는 거울나라 군사들의 모습이 보였다.
 "군사들이 산에 가득 내려왔어."
 "군사들의 허리에 찬 칼이 길게 늘어나기도 하고, 순식간에 줄어들기도 했어."
 "어휴, 무서워서 혼났어."
 나무들이 말했다.
 "나무를 해치지 않을 테니 걱정하지 마."
 "그렇다면 다행이네."
 소나무가 말했다.
 "수를 잡으러 온 군사들인 줄 알고 걱정했어."
 전나무가 말했다.
 "내가 무슨 대단한 사람이라고 외계인이 날 잡으러 오겠어?"

수가 웃었다.

"수는 대단한 사람이야. 나무와 대화를 나누는 사람이잖아."

떡갈나무가 말했다.

수는 나무들과 대화를 나누고 집으로 내려왔다.

공주가 마루에 앉아 앞산을 물끄러미 바라보았다.

"내가 거울나라로 떠나면 수 혼자 이곳에서 살게 되네."

"방금 산에서 나무들과 대화를 나누고 오는 길이야. 내겐 좋은 친구들이 많으니 걱정하지 마."

"수가 산속에서 홀로 사는 걸 이해하지 못했어. 수와 함께 지내 보니 수의 마음을 알게 되었어. 수는 나무와 꽃을 사랑해서 여길 떠나기 싫어하는 거야."

"숲과 산짐승과 새들의 곁에서 살고 있어 행복해."

"나무와 꽃을 사랑하는 걸 보고 행복이 무엇인지 배웠어. 행복은 미워하고 질투하고 무엇을 얻으려고 욕심을 부리는 것에 있지 않고, 아무 조건도 없이 좋아하고 사랑하는 것에 있다는 것을 배웠어."

"나도 공주를 만나 많은 것을 배웠어. 그리고 무엇보다 소중한 것을 얻었어. 나는 공주 친구가 되었으니까. 죽을 때까지 공주를 잊지 못할 거야."

수의 눈에 눈물이 그렁그렁 고였다.

"꽃이 피어나는 봄에 수를 만나러 오는 것이 좋겠다는 생각이 들었어."

"다시 만날 수 있구나."

"당연하지. 우린 친구가 되었으니까 가끔 얼굴을 보며 살아야지."

"고마워."

수가 공주 손을 잡고 미소를 지었다.

"내 친구 수를 보고 싶고, 물고기가 잘 있는지 궁금하고, 꽃사슴도 잘 있는지 궁금해서 일 년에 한 번씩 오기로 했어. 거울나라 정세가 안정이 되면 계절마다 한 번씩 올 수도 있어. 세수를 매일 하듯이 마음에 낀 때도 씻어야 하잖아. 가만 내버려두면 또다시 미워할지 모르잖아. 백성들에게 물거울에 대해 말해 주고, 마음의 때를 씻으러 이곳에 오겠다고 하면 반대하지 않겠지."

"축하해."

"뭘 축하해?"

"거울나라 왕이 되는 것을."

"군대장관이 거울나라로 돌아가서 이곳으로 군사들을 더 보냈어. 거울나라 수도방위사령부 정예병들이 산에 왔어. 이미 나를 왕으로 삼았다는 뜻이지."

"정말 군사들이 왔어?"

"응."

공주가 손바닥으로 수의 양쪽 눈두덩을 가볍게 쓸어 주자 놀라운 일이 일어났다. 수의 눈에 거울나라 군사들이 보였다. 귀틀집을 아늑히 에워싸고 있는 산에 군사들이 가득했다. 갑옷을 입고 온갖 무기를 든 군사들이 공주를 철통같이 지키고 있었다.

"수십만 명 정도 되는 것 같군."

"거울나라는 과학이 발달해 우주 어느 나라보다 군사력이 월등히 강하지. 그런 이유로 백성들이 왕을 뽑지 못해. 성격이 포악하거나 거친 왕을 뽑으면 이웃나라를 공격하고 전쟁을 일으킬 수 있기 때문이지. 오래전부터 선조들이 꽃의 여왕에게 왕의 후계자를 지목하게 한 것은 그만한 이유가 있었어. 꽃의 여왕은 거울나라를 잘 다스릴 왕의 후계자를 지목했고, 국력을 외부로 뻗지 않은 채 평화롭게 지낼 수 있었던 것이지."

"정말 군사력이 대단하군."

수가 군사들을 바라보며 말했다.

공주가 군사들을 향해 손을 흔들었다. 군사들이 무기를 쥔 손을 높이 들고 고함쳤다.

"급한 일이 있어 공주를 만나려고 하면 어떻게 하지?"

"손가락에 반지를 끼면 돼. 그러면 내가 수를 만나러 올게."

공주가 손가방에서 푸른 반지함을 꺼냈다.

"한시름 놓았군."

수는 반지함을 열었다. 반지함에 작은 거울이 박힌 비취색 반지가 들어 있었다.

공주가 마루에서 일어나 산기슭으로 갔다. 공주가 생강나무 줄기를 어루만지고 개울로 왔다. 공주가 웅덩이 물고기에게 손을 흔들고 슬픈 표정으로 터벅터벅 걸어왔다.

"별빛과 짝사랑과 날개는 내년에도 살아 있을까?"

"어린 물고기라서 앞으로 몇 년 더 살 수 있어."

"생강나무가 다치지 않도록 잘 지켜줘. 다른 동물이 물고기를 잡아먹지 못하도록 지켜줘."

"생강나무 주위로 멧돼지가 다니지 못하도록 울타리를 설치해 놓을게. 물고기는 안전해. 여기까지 와서 작은 물고기를 잡는 사람이 없으니까."

"누렁이가 내게 부탁을 했어. 비행접시를 타고 거울나라에 가서 살고 싶다고 했어."

"누렁이가 뭣 때문에 거울나라로 가겠다는 거지?"

"거울나라에 개가 있냐고 물었어. 여러 종류의 개가 있다고 했더니 그럼 그곳으로 자기를 데려가 달라고 했어. 여긴 너무 외로워서 미칠 것 같대. 개가 개도 없는 산속에서 외로이 사는 것은 결코 행복한 삶이 아니라며 자기를 개답게 살아갈 수 있도록 도와 달라고 했어. 수는 목석같은 홀아비라서 암캐 외로움을 전혀 모르고 있대."

"나 참, 기가 막혀 말이 안 나오네."

"누렁이가 거울나라로 가고 싶어 하는 이유가 또 있어. 누렁이는 순수한 혈통을 물려받은 사냥개라서 사냥하지 않으면 이빨이 근질거려 참기 힘들대. 수가 누렁이에게 산짐승을 잡지 못하게 해서 미칠 지경이래."

"거울나라로 가려는 이유가 그게 다야?"

"또 있어."

"그게 뭐야?"

"이름을 지어 주지 않은 것이 불만이래. 읍내 사냥꾼들이 개를 데리고 이곳에 왔을 때에 개의 이름을 불러 주었대. 그때 수가 순수한 혈통을 물려받은 사냥개를 누렁이라고 불러 창피해 죽을 지경이었대. 사냥꾼들이 누렁이를 똥개라고 부르며 조롱했대."

"컹, 컹!"

누렁이가 공주 발 앞에 앉아 꼬리를 흔들며 짖었다.

밀렵꾼들은 결코 정상적인 사람들이 아니었다. 뭔가를 잔인하게 죽이지 않으면 견딜 수 없을 것 같은, 광기 어린 눈빛이었다. 법을 어기며 사냥하는 것도 그랬고, 사냥개 이름을 이상하게 지었다. 수가 기억하고 있는 사냥개 이름은 지옥과 스컹크와 악어와 죠스였다. 누렁이는 지독한 냄새로 악명 높은 스컹크가 어떤 동물인지 모르는 것 같았다.

"스컹크보단 누렁이가 더 나은 이름이야."

"컹, 컹컹."

누렁이가 이빨을 드러내고 사납게 짖었다.

"나한테 덤비는 거야?"

수가 눈을 부릅떴다.

누렁이가 제발 좀 도와 달라는 눈빛으로 공주를 쳐다보았다.

"멋진 이름을 지어 줄 테니 여기서 나와 함께 살자."

수가 누렁이 머리를 쓰다듬어 주었다.

"컹."

누렁이가 고개를 저었다.

"거울나라에 가서 멋진 수캐를 만나 개답게 살아."

수가 누렁이 머리에 알밤을 먹였다.

"그동안 너무 고마웠어. 황금거울을 선물로 주고 싶어."

공주가 손가방에서 황금거울을 꺼냈다.

"이곳에선 돈을 쓸 일도 없어."

"그냥 떠나면 내 마음이 편치 못해."

"황금거울을 갖고 있으면 욕심 사나운 강도가 이곳으로 쳐들어올지 모르잖아."

"마음의 선물이니까 받아. 황금거울을 받지 않으면 난 거울나라로 돌아가지 않을지도 몰라."

"알았어."

수가 황금거울을 받았다.

수는 황금거울을 얻었지만, 부자가 되었다는 생각이 전혀 들지 않았다. 깊은 산속에 살고 있는 약초꾼에게 황금은 돈으로 바꿀 수 있는 물건이 아니었다. 무슨 일이 생겨 돈이 필요해도 황금거울로 황금을 만들어 팔지 않을 것이다. 얼굴을 보고 싶고, 목소리를 듣고 싶고, 사뭇 그리워지면 공주 마음이 담겨 있는 황금거울을 만지며 추억을 떠올리고, 밤하늘 영롱한 별을 바라보며 밤을 지새울 것이다.

날이 저물고 있었다.

공주가 무엇을 보았는지 굳은 표정으로 마루에서 벌떡 일어났다. 공주가 눈을 가늘게 뜨고 북쪽 하늘을 바라보았다.

"마침내 나타났군."

공주가 낮은 목소리로 말했다.

"무슨 일이 있어?"

"군사들이 날 경호하러 동굴로 왔어."

공주가 수에게 손을 흔들고 몸을 돌렸다.

공주가 동굴을 향해 뛰었다. 수는 공주가 뛰는 것을 처음 보았다. 공주가 산짐승보다 빠르게 산기슭에 도착해 숲속으로 사라졌다.

공주가 동굴로 올라간 지 십여 분 후에 폭음이 들려왔다. 수는 방에 들어가 아랫목에 앉았다가 밖으로 뛰어나왔다. 얼마나 놀랐는지 신발을 신지 않고 마당에 서 있었다. 누렁이는 마루 밑에 숨어 꼼짝도 하지 않았.

앞산과 뒷산에서 퍼런빛이 번쩍이고 벼락이 떨어지는 소리가 들려왔다. 수는 산에서 무슨 일이 벌어지고 있는지 금방 눈치챘다. 우주공주를 지지하는 장성들이 군사들을 이끌고 공주를 잡으러 이곳으로 온 것이 틀림없었다. 우주공주 사병과 용병들도 그들과 함께 이곳으로 왔을 것이다. 거울나라 군사들끼리 격돌하는 것은 내분을 뜻했다. 어느 한쪽이 패하면 거울나라를 떠날 수밖에 없는 치명적인 싸움이었다.

수는 걱정 어린 눈빛으로 동굴을 바라보았다. 눈이 시릴 정도로 시퍼런 빛이 동굴 주위에서 번쩍이며 폭음이 연이어 들려왔다.

비행접시 수백 대가 산등성마루 상공에 나타났다. 앞산과 뒷산에서 비행접시 천여 대가 일제히 상공으로 떠올랐다. 비행접시가 상대편을 향해 레이저총과 레이저로켓을 쏘아대며 하늘로 점점 멀어졌다. 우르릉 쾅-쾅. 요란한 소리와 함께 번갯불 같은 빛이 번쩍이며 남쪽 하늘로 밀려갔다 북쪽 하늘로 밀려왔다. 싸움은 쉽게 끝나지 않았다. 두어 시간 동안 밀려갔다 밀려오는 치열한 공방전이 벌어졌다. 비행접시가 차츰 북쪽 하늘로 아득히 멀어져 갔다.

맨발로 마당에 우두커니 서 있던 수는 신발을 신고 동굴을 향해 뛰었다. 수는 헐떡이며 동굴에 도착했다. 동굴 주위에 큰 나무들이 쓰러지고 줄기가 댕강 부러져 있었다. 동굴 입구 바위가 깨져 바닥에 떨어져 있었다.

공주가 수를 기다리고 있었다.

"공주!"

"너무 놀랐지?"

"많이 놀랐어."

"아무리 겁이 없는 사람도 놀라지 않을 수 없었을 거야."

공주가 수의 손을 잡고 동굴로 들어갔다.

"우주공주를 지지하는 장군들이 군사들을 동원해 이곳으로 쳐들어왔어."

"어디 다친 데는 없지?"

"괜찮아."

"무사해서 정말 고마워."

"수가 걱정해 줘서 무사할 수 있었어."

공주가 애써 미소를 지었다.

동굴 바닥에 돌덩이가 떨어져 있었다. 비행접시가 커졌다가 작아지며 윙윙거렸다. 공주가 돌덩이를 들고 동굴 밖으로 나왔다. 공주가 돌덩이를 계곡으로 힘껏 던졌다.

"언니와 화해하고 사이좋게 지내고 싶었어."

"권력에 눈멀면 이성을 잃고 말지."

"정말이지 이렇게 끝내고 싶지 않았어."

공주가 울먹이며 말했다.

"그들이 거울나라 왕이 될 사람을 공격했어. 어떤 벌을 받게 되는 거지?"

"그들은 더 이상 거울나라에서 살 수가 없게 되었어. 되도록 거울나라에서 멀리 떨어진 곳으로 가서 살게 되겠지."

"자업자득이군."

"군대장관이 그들을 끝까지 쫓아가서 섬멸하려는 걸 막았어."

"나중에 우주공주가 거울나라로 쳐들어올 수 있잖아. 그런 것을 염려해서 그들을 섬멸하려고 했겠지."

"우주공주를 따르는 장성 중에 왕의 충신들이 몇 명 끼어 있어. 왕께서 이런 일을 염려해 충신들을 우주공주 편에 서게 한 거지. 이상한 낌새가 느껴지면 충신들이 군대장관에게 즉시 연락할 거야. 전쟁을 막기 위해 거울나라 정보원들도 우주공주와 그들을 지켜보게 될 거야."

공주가 북쪽 하늘을 바라보며 말했다.

하늘 곳곳에서 비행접시가 번쩍이며 날았다. 거울나라 군사들이 땅뿐만 아니라 하늘에서도 공주를 지키고 있었다.

"권력이란 요물이 언니를 무서운 괴물로 만들었어. 서너 평 땅만 있으면 편히 누워 쉴 수가 있잖아. 언니는 만족하는 법을 모른 채 왕이 되어 남의 나라 땅까지 빼앗고 싶어 했어. 언니가 남의 나라 땅까지 빼앗으려는 욕심을 내지 않았으면 왕이 될 수도 있었어. 미소공주와 나는 왕의 자리를 원하지 않았으니까. 꽃의 여왕과 거울나라 왕은 언니의 공격적인 야망을 걱정했고, 그런 언니를 왕의 후계자로 지목할 수 없었던 거지."

"우주공주가 공격적인 야망을 숨기고 거울나라 왕이 되면 정말 무서운 일이 벌어질 거야. 우주공주가 발톱을 숨기지 않은 것은 거울나라와 공주를 위해 참으로 다행이야."

"물거울을 보기 전에는 나는 착하고 권력에 욕심내는 언니만 나쁜 괴물인 줄 알았어. 물거울을 보고 나서 나 역시 언니 못지않은 괴물이라는 것을 알게 되었어. 아니, 언니보다 훨씬 무서운 괴물인지도 모르지. 내가 수를 만나 물거울을 보지 않았으면 이번 싸움에서 언니를 생포해 온갖 고문으로 괴롭히고 죽였을 거야. 언니를 미워하는 마음이 없어졌고, 난 언니를 죽이고 싶지 않았어. 내가 언니를 죽이지 않은 것은 언니에게 주는 마지막 선물이야. 제발 정신을 차려 남을 짓밟고 빼앗으려는 짓을 멈추고, 착한 남자를 만나 행복하게 살았으면 좋겠어."

공주가 북쪽 하늘을 향해 손을 흔들었다.

에필로그

수는
그녀를 용서했다

공주가 지구를 떠날 날이 가까워졌다. 공주는 아랫목에 누워 잠을 못 이루었다.

지구에 수많은 사람이 살고 있었다. 사람 중에서 자신이 가장 못났다고 생각하는 남자가 깊은 산속에서 혼자 살고 있었다. 사람들이 남자를 약초꾼이라고 했다. 과거에 깊은 상처를 입은 남자라고 했다. 상처를 잊기 위해 산속에서 홀로 사는 거라고 했다. 재산을 좀 모아 읍내 삼 층 건물 주인이 되었지만, 아직도 상처가 아물지 않아 산속에서 외롭게 사는 거라고 했다.

공주는 영생의 거울과 과거의 거울을 찾으러 비행접시를 타고 지구에 왔다. 공주는 과거의 거울을 갖고 있는 수를 만났다. 공주는 수가 소중한 보물을 사랑하는 남자임을 알게 되었다. 거울나라 장인들도 모르는 물거울을 발견한 남자. 어떤 것보다 맑고 투명한 물거울을 보는 남자. 공주는 그런 남자를 좋아했고 친구가 되었다.

공주는 왕궁 스승이 과거의 거울에 대해 말해 준 것이 기억났다. 심성이 고운 장인들이 기도하며 신의 도움을 받아 과거의 거울을 만들었다는 전설이 전해져 내려온다고 했다. 사랑의 마음으로 만든 과거의 거울은 멈춘 시간을 움직이고, 지난날의 모습을 보여 줄 뿐만 아니라 회개할 능력을 지니고 있다고 했다.

우주마적단이 과거의 거울을 강탈해 달아난 것은 결코 우연한 일이 아니었다. 지구에 과거의 거울이 필요한 남자가 살고 있었다. 자신을 희생하며 여동생들을 가르치고, 여자를 만나 모든 것을 참으며 사랑한 남자. 남자가 배신을 당해 미움의 불을 뿜어내는 괴물이 되었다. 과거의 거울은 불쌍한 남자를 살리기 위해 거울나라를 떠나 지구에 떨어졌다.

공주가 수를 만나 물거울을 본 것은 우연한 일이 아니었다. 물거울을 보지 못한 채 과거의 거울을 갖고 거울나라로 돌아가면 복수의 바람이 무섭게 휘몰아칠 것이다. 가시에 주렁주렁 달린 무기는 사나운 기세로 우주공주 측근들과 추종자들을 찌르고 공격할 것이다. 공주는 우주공주보다 흉악한 괴물이 되어 살게 될 것이다. 과거의 거울은 미움과 분노에 사로잡힌 공주를 살리기 위해 지구에 떨어졌다.

갑자기 캄캄한 마당이 환해졌다.

"군대장관이 왔어."

공주가 목이 잠긴 목소리로 말했다.

"거울나라로 돌아갈 때가 되었어."

"그래야만 되겠지."

공주가 방문 손잡이를 잡고 머뭇거렸다.

공주가 손을 가늘게 떨고 있었다. 수는 공주 손을 잡고 방문을 열고 밖으로 나갔다.

갑옷을 입고 뻘겋게 달아오른 검을 쥔 군대장관이 마당에 서 있었다.

"거울나라 왕의 후계자를 모시러 왔습니다."

군대장관이 오른쪽 무릎을 바닥에 꿇고 허리를 굽혔다.

"왕께서 위독하십니다."

"많이 아프신가요?"

"공주님을 급히 모셔 오라고 하셨습니다."

군대장관이 허리를 굽힌 채 말했다.

누렁이가 마루 밑에서 나와 공주를 쳐다보며 꼬리를 흔들었다.

개는 꼬리로 감정을 표현한다. 거울나라 개들은 꼬리가 없단다. 거울나라 개들은 꼬리 대신 말로 감정을 표현한다. 거울나라 개들은 꼬리가 달린 누렁이를 동족으로 여기지 않을 것이다. 그런 것도 모르면서 누렁이는 거울나라에 가려고 한다. 누렁이가 거울나라에 가서 잘 적응하려면 꼬리를 잘라야 할지 모른다.

"거울나라에 가서 행복하게 살아."

수가 말했다.

누렁이가 꼬리를 흔들었다.

꽃사슴이 공주에게 다가왔다.

"오늘밤부터 창고에서 잠을 자고 누렁이 대신 수를 따라다녀."

공주가 꽃사슴 목을 안고 검붉은 코에 입을 맞추었다.

공주가 수의 볼에 입을 맞추고 누렁이와 함께 비행접시에 올랐다. 암캐 마음을 전혀 모르는 목석같은 수의 곁을 떠나게 되어 기분이 좋은 것 같았다. 누렁이가 이빨을 드러내고 씩 웃었다.

"꼬리를 자르기 싫으면 공주가 이곳으로 올 때에 따라와."

수가 말했다.

누렁이가 무슨 뚱딴지같은 소리냐는 듯이 귀를 쫑긋 세웠다.

비행접시 문이 닫혔다. 수는 천천히 하늘로 올라가는 비행접시를 향해 손을 흔들었다. 헤어질 때 울지 않으려고 했는데, 수는 그만 눈물을 흘리고 말았다. 비행접시가 수십 개로 갈라져 빙글빙글 돌다 하트 모양을 그리며 밤하늘로 까마득히 사라졌다.

수가 공주를 좋아한 것은 신비로운 황금거울을 갖고 있기 때문이 아니었다. 수가 공주를 좋아한 것은 마음으로 운전하는 비행접시를 갖고 있기 때문이 아니었다. 물거울을 알아보고, 물거울에 비친 내면을 보며 괴로워하던 공주. 세상에는 아름답고 화려한 꽃이 많지만, 산기슭에 피어난 생강나무 꽃을 가장 좋아하던 공주. 웅덩이 물고기를 좋아해서 겨우내 걱정하던 공주. 수는 그런 공주를 좋아했다. 산짐승에 불과한 꽃사슴을 위해 기꺼이 몸을 던진 공주. 수는 그런 공주를 좋아했다.

사촌누나가 수를 볼 때마다 결혼을 권유했다. 편히 살아갈 만큼 재산을 모았고, 아직 건강하니 더 늦기 전에 외국 여자를 만나 결혼하라고 했다. 수는 나무와 대화를 나눠 산속을 떠나기 싫다고 했지만, 사촌누나 말대로 결혼해야 할지 고민 중이었다. 이제 수는 읍내에서 살고 싶은 생각이 전혀 없었다.

공주는 마음의 때를 씻으러 꽃이 피어나는 봄에 온다고 했지만, 언제 귀틀집으로 불쑥 찾아와 며칠 머물다 돌아갈지 모른다. 수는 공주 친구가 되었다. 수는 친구가 소중히 여기는 물거울 곁을 떠나고 싶지 않았다. 보물이 있는 곳에 마음이 있다. 수는 공주를 기다리며 보물이 가득한 깊은 산속에서 약초꾼으로 살아가기로 했다.

  과거의 거울을 다시는 볼 수 없게 되었다. 수는 그녀를 용서했다.